Die drei !!!

Kari Erlhoff

Die drei !!!

Gefahr im Netz

Kosmos

Umschlagillustration von Ina Biber, Gilching
Umschlaggestaltung von Friedhelm Steinen-Broo, eSTUDIO CALAMAR

Weitere Bände dieser Reihe siehe S. 145

MIX
Papier aus verantwortungsvollen Quellen
FSC® C014496
FSC
www.fsc.org

Gedruckt auf chlorfrei gebleichtem Papier

ISBN 978-3-440-15616-2
Redaktion: Natalie Friedrich
Lektorat: Claudia Müller
Produktion: DOPPELPUNKT, Stuttgart
Druck und Bindung: GGP Media GmbH, Pößneck
Printed in Germany / Imprimé en Allemagne

Die drei !!!

Gefahr im Netz

Willkommen im Raumschiff

Es zischte. Weißer Rauch stieg auf und schwebte als dünne Wolke durch den Flur. Die Lampen am Boden begannen zu blinken. Plötzlich löste sich eine kleine Gestalt aus dem Nebel und schwirrte unruhig über die Wände: ein Tapir mit Pilotenbrille. Kim Jülich stutzte, doch dann entdeckte sie den Beamer, der das bewegte Bild in den Flur projizierte.
»Das Vieh kommt mir bekannt vor!« Marie Grevenbroich warf einen skeptischen Blick auf den Tapir. »Stammt der nicht aus diesem neuen Game? Das mit den Raumschiffen, die man verfolgen muss?«
»Ja, kann sein«, gab Kim zurück. »Das Spiel ist auf jeden Fall gut gemacht!«
Die Mädchen waren unter der Nebelwolke hindurchgelaufen und standen nun vor einer breiten blauen Treppe, die mit hunderten von weißen Sternen übersät war. Die Treppe war der Eingang zum *Ultraviolett* – einer Großraumdisco. Normalerweise hatten Kinder und Jugendliche hier – vor allem nachts – keinen Zutritt. Doch jetzt war es erst vier Uhr nachmittags und die Disco hatte ihr Tor für eine Messe rund um Handys, Computer und Games geöffnet. Und die wollten die drei !!! heute besuchen.
Franzi Winkler, die Dritte im Bunde, sah sich noch einmal nach dem Vogel um. »Das ist Commander Yllek aus *Real Space Race* – glaube ich zumindest.« Sie seufzte. »Blake ist gerade ganz wild darauf, irgendwelche Sternenkreuzer zu verfolgen. Aber das kann er gerne ohne mich machen.« Blake

war Franzis Freund. Er saß zwar im Rollstuhl, war jedoch extrem sportlich. Blake verbrachte viel Zeit im Schwimmbad oder beim Chairskating. Dass ausgerechnet er sich so für ein Handy-Spiel begeisterte, war ungewöhnlich. Allerdings kam es Franzi gerade recht, dass sie auch mal etwas Zeit für sich hatte.

»Kommt ihr endlich?«, fragte Marie. »Ich will jetzt unbedingt auf die Messe!«

Franzi sah sie skeptisch an. »Seit wann interessierst du dich denn für Computer?«

»Ich interessiere mich nicht für Computer«, gab Marie zu. »Aber ich habe den Verdacht, dass meine verehrte Stiefschwester ein Date hat. Und zwar hier auf der Messe. Das muss ich natürlich überprüfen.«

Kim lachte. »Meinst du, Lina hat jetzt echt einen Freund?«

»Das finde ich heraus«, sagte Marie siegessicher. »Und nebenbei will ich mich über eine bestimmte App informieren.«

»Welche denn?«, hakte Franzi nach, während sie nebeneinander die Stufen hochstiegen.

»Das ist mein Geheimnis.« Mehr sagte Marie nicht.

Kim kam es so vor, als würde ihre Freundin und Detektivkollegin unter ihrem perfekten Make-up leicht erröten. Aber sie kam nicht dazu, weiter darüber nachzudenken. Die Mädchen waren im ersten Stock angekommen und standen vor drei Durchgängen, die jeweils mit einer UV-Lampe ausgestattet waren. Als sie ihre Hand hochhielten, wurde der Stempel sichtbar, den sie an der Kasse erhalten hatten. Kim konnte den Schriftzug *AppTown* entziffern. Das war der Name der Messe.

Als sie die Schranke passiert hatten, blieben sie kurz stehen. Der Anblick, der sich ihnen bot, war im wahrsten Sinne des Wortes überirdisch.
»Willkommen im Weltall!«, verkündete Franzi beeindruckt.
»Nicht ganz mein Fall, aber definitiv galaktisch!«, stimmte Marie zu.
Die Disco hatte beim Design auf glattes Metall, bunte Neonröhren und kleine Blinklichter gesetzt. Dazu passten auch die vielen Stände, die in grellen Farben um die Wette leuchteten. In erster Linie handelte es sich um Anbieter von Games für Smartphones. Die Messebesucher waren sehr jung. Kim, Marie und Franzi sahen auf Anhieb mehrere Mitschüler. Die *App Town* war eigentlich eine kleine Messe, aber die Anzahl der Anbieter konnte sich sehen lassen. Ein Stand drängte sich an den nächsten.
»Also, ich interessiere mich für Fitnessarmbänder«, erklärte Franzi. »Solche Dinger, bei denen man im Computer oder im Handy nachschauen kann, wie schnell man gelaufen ist, wie der Puls dabei war und wie viele Schritte man am Tag gegangen ist.«
»Die sind doch echt teuer«, gab Kim zu bedenken.
Franzi winkte ab. »Ich will nur mal sehen, wie so etwas funktioniert. Man kann hier garantiert auch Sachen testen.«
»Ach, wen haben wir denn da!« Marie deutete auf eine Traube von Kindern und Jugendlichen, die alle zu einem Stand drängten. Was es dort gab, konnte man vor lauter Menschen nicht erkennen.
»Lina?«, fragte Franzi und stellte sich auf die Zehenspitzen, um besser sehen zu können.

»Falsch«, antwortete Marie.
»War ja klar.« Jetzt hatte Kim die beiden auch entdeckt. »Ben und Lukas. Die stehen total auf Computerspiele aller Art. Ich frage mich nur, woher meine Brüder das Geld für den Eintritt haben. Gestern waren sie noch pleite und wollten bei mir einen Kredit für Süßigkeiten aufnehmen.«
»Sie hoffen bestimmt auf Werbegeschenke«, vermutete Franzi und grinste. Ben und Lukas kämpften sich gerade Meter für Meter zu dem beliebten Stand vor.
»Ich weiß ja nicht, wie es euch geht, aber mir ist es hier zu voll«, meinte Kim.
»Meinetwegen können wir uns gerne in einem anderen Gang umsehen«, stimmte Franzi zu. »Ich gehe vor.«
»Falls wir uns verlieren, treffen wir uns am Infopunkt.« Marie deutete auf eine beleuchtete Säule aus Glas, die ständig die Farbe wechselte. »Dann kann ich einfach stehen bleiben, wenn ich an einem Stand etwas Interessantes sehe.«
»Das passiert dir wohl eher bei einem Spiegel!«, versuchte Franzi ihre Freundin zu ärgern. Doch Marie lächelte nur. Sie legte eben viel Wert auf gutes Aussehen und stand dazu, manchmal etwas eitel zu sein. Heute war sie allerdings nicht die Einzige im Team, die schick zurechtgemacht war.
Auch Kim hatte eine beachtliche Zeit im Bad verbracht. Im Internet hatte sie sich ein Schmink-Tutorial angesehen und versucht, den Look nachzumachen. An dem schwarzen Lidstrich war sie beinahe verzweifelt. Erst nach fünf Anläufen und einem Mülleimer voller Abschminktücher war Kim endlich zufrieden gewesen. Danach hatte sie vor ihrem Kleiderschrank einen weiteren Moment der Verzweiflung erlebt:

Es gab einfach kein einziges Kleidungsstück, in dem sie halbwegs erwachsen aussah. Alles war ihr plötzlich so kindisch vorgekommen.
»Alles klar bei dir?« Franzi riss Kim aus ihren Gedanken.
»Äh … ja«, gab Kim schnell zurück.
»Du siehst aus, als würdest du jemanden suchen.«
»Lina«, murmelte Kim. Das war gelogen. Ob Maries Stiefschwester einen Freund hatte oder nicht, war für Kim im Augenblick zweitrangig. Alles, was zählte, war Sebastian! Sebastian Husmeier. Der Sebastian unter den Sebastians! Kim hatte den gut aussehenden Journalisten bei einem Workshop für Reportagen kennengelernt und sich bis über beide Ohren in ihn verliebt. Leider war Sebastian bereits Ende zwanzig. Das betonten Marie und Franzi immer wieder, wenn das Thema aufkam. Kim wollte das nicht hören. Darum sagte sie Franzi jetzt auch nicht, dass sie nach ihm Ausschau hielt. Sebastians Zeitung berichtete über die Messe. Da war es doch durchaus möglich, dass er vor Ort war. Der Gedanke an ihn sorgte bei Kim für ein watteweiches Gefühl in den Beinen und einen angenehm leichten Kopf. Sein intensiver Blick, die Grübchen in seinen Wangen, sein umwerfendes Lächeln und seine schöne Stimme bewirkten doch immer wieder, dass Kim sich wünschte, ein paar Jahre älter zu sein. Dann würde sie einfach zu Sebastian gehen und …
»Träumst du?« Dieses Mal wurden Kims Gedanken von Marie unterbrochen.
»Was?«
»Du träumst ja wirklich!« Marie lachte. »Von … lass mich raten … Sebastian!«

»Ha, ha«, machte Kim. Sie fühlte sich auf frischer Tat ertappt. Doch ihre Freundinnen gingen zum Glück nicht weiter auf ihre Schwärmerei für den Journalisten ein. Vermutlich hatten sie gemerkt, dass es Kim unangenehm war. Oder sie waren einfach von dem Angebot der Messe abgelenkt.
Überall blinkte und blitzte es. Alles war in Bewegung, von den Besuchern bis zu den Ausstellern. Die drei !!! ließen sich vom Strom treiben und gelangten so von Stand zu Stand. Auf der *AppTown* gab es nicht nur viel zu sehen, man konnte auch etwas ausprobieren. Die drei Mädchen striegelten ein digitales Pony, testeten ein Grafiktablet und eine durchsichtige Computertastatur mit farbigen LEDs und bekamen bei einem Quiz Schlüsselanhänger und Karten mit Download-Codes geschenkt. Kim gewann außerdem an einem Drehrad einen USB-Stick. Dafür ergatterte Franzi einen Kugelschreiber, der gleichzeitig eine Taschenlampe war. »Den können wir vielleicht mal bei unserer Ermittlungsarbeit einsetzen«, freute sie sich, während sie ihn immer wieder blau aufleuchten ließ.
Bei ihrem Rundgang trafen die Mädchen noch zweimal auf Ben und Lukas. Kims Brüder hatten natürlich sofort herausgefunden, an welchen Ständen es neben den üblichen Werbegeschenken auch Bonbons und Kekse gab. Ihre Taschen waren bereits voll und sie waren sehr zufrieden mit ihrer Ausbeute.
»Wir haben sogar kostenlose Zugangscodes für ein cooles Spiel bekommen!«, berichtete Ben mit vollem Mund.
»Für Computer oder Smartphone?«, wollte Kim wissen.
»Smartphone!«, sagte Lukas lässig.

Kim verdrehte die Augen. »Ihr habt doch gar keins.«
»Na und? Soll ich dir jetzt aufzählen, was du alles nicht hast?«, gab Ben gehässig zurück. »Einen Freund zum Beispiel!«
»Wir müssen jetzt weiter«, erklärte Lukas. »Es gibt noch viel zu tun. Ladys, wir sind dann mal weg.« Er tippte sich an seine Mütze und zog seinen Bruder in den nächsten Gang.
Marie warf Kim einen mitleidigen Blick zu. »Und ich dachte immer, Lina wäre nervig.«
»Ach«, meinte Kim, »du hast es mit deiner kleinen Stiefschwester doch eigentlich ganz gut getroffen. Und wo wir gerade über sie reden: Sie steht mit ein paar Freundinnen dort drüben beim Glücksrad. Aber einen Jungen kann ich nicht entdecken.«
»Schade.« Marie zuckte mit den Schultern. »Dann hat sie wohl doch kein Date. Egal. Ich würde mich jetzt gern abseilen, um eine bestimmte App für mein Handy zu suchen.«
»Da kommen wir mit!«, schlug Franzi vor.
»Geht nicht!«, gab Marie zurück.
»Wieso nicht?«
»Weil …« Marie zögerte. »Weil … ich das nicht will.«
Franzi sah ihr tief in die Augen. Es war offensichtlich, dass sie sich anstrengen musste, um dabei nicht loszulachen. »Gib es zu, du suchst eine App, die dir Holger in Unterhose zeigt.«
Marie zog ihre Augenbrauen hoch. »Franzi, spinnst du? Was denkst du denn von mir?«
»War doch nur ein Scherz.« Franzi grinste. »Ich bin einfach froh, dass du endlich wieder mit Holger zusammen bist! Eure Trennung auf Zeit war echt blöd.«

»Ja«, murmelte Marie. Dann gab sie sich einen Ruck. »Ich bin natürlich glücklich, dass wir wieder ein Paar sind, aber ehrlich gesagt, bin ich auch misstrauisch geworden.«
»Das kann ich gut verstehen«, sagte Kim.
Marie seufzte. »Jedes Mal, wenn er auf sein Handy guckt, denke ich, dass es eine Nachricht von Selma sein könnte. Und ich frage mich, ob er heimlich mit ihr trainiert. Weiß ich denn, ob er sich wirklich ganz und gar für mich entschieden hat? Weiß ich, ob er mir auch morgen noch treu ist?«
Franzi und Kim sahen ihre Freundin betroffen an.
»Ich habe halt Zweifel.« Marie blickte betreten auf die Spitzen ihrer Stiefeletten hinab. »Und da habe ich gedacht, ich könnte mir Gewissheit verschaffen.«
»Wie denn?«, fragte Franzi.
»Du willst ihn mit dem Handy ausspionieren!«, vermutete Kim. Gleichzeitig hoffte sie, dass Marie Nein sagen würde. Doch Marie nickte langsam. »Es gibt Apps, mit denen man die Handys von anderen orten kann.«
»Stimmt.« Kim nickte. »Aber normalerweise müssen die Besitzer der Handys vorher ihre Zustimmung geben. Sonst funktioniert es nicht.«
Marie blickte nervös auf. »Ich könnte einfach an Holgers Telefon gehen, wenn er gerade beschäftigt ist, und die App freischalten.«
Kim und Franzi sahen ihre Freundin entsetzt an. »Wir reden hier von Holger!«, sagte Franzi.
»Deinem Freund Holger!«, rief Kim.
»Nicht etwa von irgendeinem Verbrecher, den wir beschatten müssen.« Franzi schüttelte den Kopf.

»Holger!«, wiederholte Kim fassungslos.
»Ich weiß, wie er heißt«, gab Marie zerknirscht zurück. »Aber mal ehrlich: Ich muss unbedingt wissen, was los ist!«
»Dann frag ihn«, sagte Kim. »Aber mach nicht so einen Blödsinn! Das ist nicht o. k. Und es geht doch auch total gegen deine Detektivehre, deinen Freund auszuspionieren.«
»Ja, das ist voll daneben!«, sagte Franzi.
Marie hob abwehrend die Hände. »Schon gut! Ich denke noch mal darüber nach. Können wir jetzt bitte weitergehen?«
Kim wollte gerade etwas hinzufügen, als sie ihn sah: Sebastian Husmeier! Mit einem Schlag waren sämtliche Worte aus ihrem Gehirn gelöscht – wie bei einem Kurzschluss. Obwohl sie darauf gehofft hatte, ihn zu treffen, war sein plötzlicher Anblick eine große Überraschung.
»Erde an Kim, alles in Ordnung bei dir?«, fragte Marie.
Kim starrte regungslos auf den Journalisten, der gerade seinen Laptop auf einem Stehtisch aufbaute. Ihm gegenüber stand ein Mann, der beinahe das Gleiche anhatte wie Kims kleine Brüder: weite Hosen und einen Hoodie von einem angesagten Label. Nur dass er mindestens vierzig Jahre alt war und daher eher lächerlich wirkte. Dagegen machte Sebastian in seinen schlichten Jeans und dem schwarzen Button-down-Shirt eine ziemlich gute Figur.
»Da ist er«, seufzte sie.
»Wer?«, fragte Franzi, doch dann sah sie ihn auch. »Ach, der *Er.*«
»Geh doch hin und sag ihm Hallo«, schlug Marie vor.
Kim schüttelte den Kopf. »Ich kann meine Beine nicht bewegen.«

»So schlimm?« Franzi klopfte Kim auf die Schulter. »Na los, trau dich.«
Marie grinste. »Wenn du ihn ansprichst, gehen wir morgen mit dir zu diesem langweiligen Computerkurs vom Jugendzentrum, versprochen!«
»Der ist doch nicht langweilig«, widersprach Kim. »Und es ist genau genommen auch kein Computerkurs, sondern …«
»Ich bin noch nicht fertig!«, wurde Kim von Marie unterbrochen. »Wenn du jetzt nicht mit Sebastian sprichst, musst du dafür einen Monat lang mit Franzi und mir joggen gehen.«
»Joggen?« Kim ächzte. »Wir haben Dezember! Es ist kalt draußen und dunkel und nass. Außerdem kann ich dir aus dem Stand hundert Dinge nennen, die ich lieber machen würde als joggen.«
»Kim!« Franzi lachte. »Machst du mit oder nicht?«
Kim zögerte. Dann sah sie auf. »Okay.«
»Top«, sagte Marie. »Die Wette gilt!«

Detektivtagebuch von Kim Jülich
Freitag, 20:45 Uhr
Man könnte beinahe glauben, dass die Verbrecher gerade alle im Winterschlaf sind! Seit wir auf der Herbstkirmes den Fall in der Geisterbahn gelöst haben, herrscht bei uns absolute Detektiv-Flaute. Kein Fall in Sicht! Dafür werde ich mich jetzt in Sachen »Kryptologie« fortbilden. Dabei geht es um die Verschlüsselung und Entschlüsselung von Botschaften. Das kann man als Detektivin immer gebrauchen. Marie und Franzi machen übrigens auch eine kleine Fortbildung – allerdings unfreiwillig! Hihi! Sie haben eine Wette verloren und müssen mit mir

zum GCC. Also zum Girls Computer Club. Ich freue mich schon so darauf! Morgen geht es endlich los! Im Jugendzentrum haben sie schon so lange überlegt, mal einen IT-Workshop anzubieten, und daraus ist nie etwas geworden. Aber jetzt haben sich alle so auf die AppTown *gefreut, dass die Leute vom Jugendzentrum nun doch in die Gänge gekommen sind. Gemeinsam mit Studenten der Fachhochschule bieten sie 10 Tage lang ein Programm für Mädchen an. 10 Tage! (Ich glaube, das ist ein Gag. Marie und Franzi haben den natürlich nicht gecheckt. Von wegen Einsen und Nullen. Also Binärcode. Ist ja auch eher ein Insider.) Jedenfalls gibt es verschiedene Workshops und Vorträge und noch dazu ein Coder-Café, in man sich mit anderen Mädchen austauschen kann. Damit die Jungs nicht leer ausgehen, bietet das Jugendzentrum auch eine Backwoche an. Ungelogen! Da heißt es dann Weihnachtsbäckerei statt Weihnachtshackerei. Die Jungs backen Plätzchen und lernen, wie man einen Stollen macht. Bislang haben sich aber nur zwei Jungs angemeldet. Kein Interesse an Keksen ;-)*
Solange wir keinen neuen Fall haben, ist der Girls Computer Club eine gute Beschäftigung für mich. Ich muss mich unbedingt ablenken. Sonst denke ich nur an ihn. Aber das gehört nicht hierher. Das ist schließlich das Detektivtagebuch! Keine privaten Angelegenheiten zugelassen!!!

Geheimes Tagebuch von Kim Jülich
Freitag, 20:55 Uhr
Wartet nur, bis ich eine Meisterin der Kryptologie bin. Dann wird niemand mehr dieses Tagebuch lesen können – außer mir!

Sebastian. Sebastian. Sebastian. Sebastian. Sebastian. Sebastian. S.E.B.A.S.T.I.A.N.! Ich könnte den ganzen Abend hier sitzen und deinen Namen schreiben. An deine Grübchen denken. An dein unvergleichliches Lächeln. Und ich habe mindestens 100 Fragen an dich. Vielleicht werde ich sie dir eines Tages stellen. Wenn wir zusammensitzen und uns tief in die Augen schauen. Allein bei dem Gedanken an deine Augen kribbelt es so seltsam in meinem Nacken und meine Knie werden zu Wackelpudding. Sebastian Husmeier! Was denkst du über mich? Hast du früher auch so gern Die drei ??? *gelesen? Was ist deine Lieblingsfarbe? Wovor hast du Angst? Wer schneidet dir die Haare? Hörst du Hörspiele zum Einschlafen? Was ist dein allergrößter Wunsch? Welche Hobbys hast du (außer Krimis schreiben)? Welche Sorte Schokolade magst du besonders? Denkst du manchmal an mich? Ach, Sebastian! Fast hätte ich dir vor ein paar Wochen meine Gefühle verraten. Weißt du noch, wie ich den Haiku mit zum Workshop gebracht habe? Den hatte ich für dich geschrieben! Nur für dich! Wenn David sich nicht wieder so dermaßen ungeschickt angestellt hätte, wüsstest du jetzt, wie es in meinem Herzen aussieht. Mein Herz ist wie ein kleiner Vogel, der durch die kalte Winternacht zu dir fliegen will. Jetzt, sofort! Warum muss ausgerechnet nächste Woche unser Workshop ausfallen?!? Wie soll ich es ohne dich aushalten?????????????*

In der Weihnachtsbäckerei

»Wir hätten uns nie auf diese Wette einlassen dürfen«, sagte Marie missmutig. »Zu blöd, dass ich kein Junge bin. Dann könnte ich jetzt in der Weihnachtsbäckerei sitzen und Kekse verzieren.«
»Du als Junge?« Franzi prustete los. »Das kann ich mir beim besten Willen nicht vorstellen!«
Es war Samstagvormittag und die drei !!! betraten gemeinsam ein Gebäude der Fachhochschule. Die Mädchen waren bei einem Fall im Sommer schon einmal hier gewesen. Die restaurierten Klinkerbauten lagen auf einem ehemaligen Fabrikgelände am Rande des Industriegebiets – ganz in der Nähe des Bahnhofs und der Disco, in der gerade die *AppTown* stattfand. Jetzt, im Winter, war die Gegend wenig einladend und die Flure der alten Gebäude waren zugig. Kim, Franzi und Marie folgten den Pfeilen aus Pappe, die jemand aufgehängt hatte. *Zum GCC,* stand darauf. Die Pfeile führten in den ersten Stock zu einem Hörsaal, in dem es mehrere Stuhlreihen mit kleinen Klapptischen gab.
»Du hast nicht einmal richtig mit Sebastian geredet«, zischte Marie, als sie sich drei Plätze nebeneinander suchten.
»Davon war auch nicht die Rede«, gab Kim zurück. »Du hast lediglich gesagt, dass ich ihn ansprechen soll.«
»Du hast Hi gesagt.« Franzi zog den Reißverschluss ihrer warmen Jacke auf. »Das war alles.«
»Ich habe auch noch gewinkt«, fügte Kim hinzu. »Und er hat zurückgewinkt.«

»Sehr romantisch«, sagte Marie etwas zu spitz. »Ihr wart kaum zu halten vor Leidenschaft! Und dann diese dramatischen Gesten ewiger Liebe!« Als sie jedoch Kims Gesicht sah, bremste sie sich. »Tut mir leid. Ich wollte mich nicht über dich lustig machen!«

Kim schluckte. »Ist okay.«

»Im Ernst. Bist du mir böse?«

»Nein, nicht wirklich. Entschuldigung angenommen«, sagte Kim.

»Eigentlich muss ich dir sogar dankbar sein«, gestand Marie mit einem schiefen Grinsen. »Oma Agnes ist nämlich gerade bei uns in der Villa zu Besuch und stellt alles auf den Kopf. Sie wollte mich schon voll verplanen, aber ich konnte mich dann damit herausreden, dass ich mich hier in der Fachhochschule weiterbilde. Gegen Bildung kann meine Stiefoma ausnahmsweise mal nichts einwenden.«

»Wir besuchen aber trotzdem nur die Vorträge«, mischte sich Franzi ein. »Ich will meine Nachmittage nicht am Computer verbringen.«

In diesem Moment kam eine Gruppe laut kichernder Mädchen in den Saal. Die drei !!! kannten die vier flüchtig aus dem Jugendzentrum. Immerhin wussten sie, dass die Mädchen Helen, Adrina, Sarah und Isabelle hießen und ihre Clique nach ihren Anfangsbuchstaben benannt hatten.

»Ach nee, das H.A.S.I.-Quartett«, stöhnte Franzi. »Die albern garantiert die ganze Zeit nur doof herum.«

»Dafür kennen sie sich aber super mit Computern aus«, raunte Kim ihren Freundinnen zu.

»Echt?«, staunte Marie. »Ich dachte immer, die Karnickel interessieren sich nur für glitzernden Nagellack und auffällige Accessoires. Kaum zu glauben, dass die bei einem Computer überhaupt den Knopf zum Einschalten finden.«

»Ich glaube, Helen kann Python«, flüsterte Kim. »Das behauptet sie jedenfalls.«

»Sie hat eine Schlange?«, fragte Franzi, die sich anstrengen musste, um Kim zu verstehen.

»Nein, Python ist eine Programmiersprache«, erklärte Kim.

»Und eine Schlange«, erwiderte Franzi.

Die vier H.A.S.I.s drängten sich kichernd durch die Sitzreihen und nahmen direkt vor den drei !!! Platz.

Helen drehte sich zu ihnen um. Sie trug eine Sonnenbrille im Haar, die sie immer wieder hin und her schob. »Hi! Seid ihr auch dabei?«

»Offensichtlich«, brummte Franzi.

Helen kicherte schon wieder. »Na, dann sind hier ja wenigstens nicht nur Nerds!«

Ihre Freundinnen reagierten prompt mit Tuscheln und noch mehr Kichern. »Voll die Geek-Show hier!«

»Loser-City. Ich halte es nicht aus!« Sarah machte mit dem Handy ein Foto von sich und ihren Freundinnen. »Zur Dokumentation. Wir waren hier!«

»Guckt mal, Verschwörungs-Bente ist natürlich auch mit von der Partie!« Isabelle deutete auf ein schlankes, hochgewachsenes Mädchen, das in der ersten Reihe saß. Kim war sie schon draußen vor der Tür aufgefallen, da sie ungewöhnliche Klamotten trug: einen Zylinder mit Buttons, ein altmodisches Kleid im Empire-Stil und dazu schwere Boots mit bunten Schnürsenkeln.

»Steampunk«, stellte Marie fest. »Ziemlich auffälliger Stil, aber in diesem Fall ausgesprochen gut kombiniert.«
Die H.A.S.I.s kannten das Mädchen mit den seltsamen Kleidern offensichtlich und machten sich lauthals über sie lustig. »War eh klar!« Helen grinste breit. »Dabei frage ich mich echt, was die hier noch lernen will. Die sollte sich lieber einen Bunker bauen und schon mal Wasservorräte anlegen, bevor die Außerirdischen kommen und gemeinsam mit den Regierungen die Welt zerstören.«
Wieder lachten die vier Mädchen lauthals los. Adrina machte dabei Geräusche, die entfernt an ein Schweinchen erinnerten.
»Falls wir nicht alle von einer Geheimorganisation unterworfen werden.« Noch mehr Gelächter.
»Und von den Handys, die die Weltmacht wollen!«
»Muss ich das verstehen?«, fragte Marie leise.
»Ich glaube, es geht um Verschwörungstheorien«, erklärte Kim ebenso leise.
»Bentilein!«, brüllte nun Helen. Sie hielt ihr Handy hoch, die Videoaufnahme eingeschaltet. »Was machen die kleinen grünen Männchen?«
Bente drehte sich nicht um. Sie starrte geradeaus, als hätte sie nichts gehört.
»Countess Ada!«, versuchte es Helen erneut. »So nennst du dich doch im Netz, oder? Du bist auf Sendung!«
Jetzt riss Kim der Geduldsfaden. »Lasst sie in Ruhe!«
Helen riss mit gespieltem Erstaunen die Augen auf. »Kimmilein! Sag bloß, ihr seid befreundet!«
»Ich kenne sie von früher«, sagte Kim mit verschränkten Ar-

men. Doch die H.A.S.I.s hörten schon nicht mehr zu. Dafür sah Marie Kim fragend an. »Du kennst das Mädchen?«
»Ja, ich habe sie vorhin nur nicht gleich erkannt«, sagte Kim. »Bentes Oma ist eine Kollegin von meiner Mutter gewesen. Sie hat auch in der Grundschule gearbeitet und …«
Weiter kam sie nicht. Zwei junge Frauen betraten den Raum. Es waren Studentinnen der FH. Sie stellten sich vorn vor die Zuhörer und warteten, bis alle verstummt waren. Dann stellten sie sich vor: »Herzlich willkommen beim ersten GCC! Ich bin Maja und das ist Charlie. Wir studieren beide im sechsten Semester Informatik. Zusammen mit unseren Kommilitoninnen Inga, Miray und Natalia bieten wir euch in den nächsten zehn Tagen viele verschiedene Workshops, Vorträge und Seminare an.«
»Das vollständige Programm findet ihr im Jugendzentrum am Schwarzen Brett und natürlich im Internet«, ergänzte Charlie.
Die Studentinnen machten eine kleine Pause und schalteten mithilfe einer Fernbedienung einen Beamer ein. Daraufhin erschien ein leuchtendes Viereck auf der weißen Wand hinter ihnen.
»Wir starten heute mit dem Thema *Jetzt und hier – Informatik in unserem Alltag*«, sagte Maja.
Der Titel der Veranstaltung wurde an die Wand projiziert und schon legten die beiden Studentinnen los. Sie zeigten Bilder und Infotafeln, redeten über Programme, Maschinen und natürlich Handys und warfen dabei mit technischen Begriffen nur so um sich.
Als der Vortrag vorbei war und die drei !!! sich auf den Weg

zur Kantine machten, stöhnte Marie. »Ich habe nichts verstanden!«
Auch Franzi sah etwas missmutig aus. »Willkommen im Club!«
»Ich fand es ganz spannend«, sagte Kim. Sie steuerte einen Getränkeautomaten an und zapfte sich für 50 Cent eine große Tasse Kakao. Mit einem lauten »Krschtrrrpffffft« setzte sich die Maschine in Gang. Braune Flüssigkeit tröpfelte in den Plastikbecher. »Wir sind umgeben von Technik und Programmen.«
»Man kann Kakao auch ohne Technik machen«, gab Franzi zurück.
»Na, dann viel Spaß bei der Suche nach Feuerholz!« Kim nahm einen Schluck von dem Getränk. Es war lauwarm und schmeckte leicht nach Brühe. Sie verzog das Gesicht. »Falls ich hier später mal studieren sollte, bringe ich mir lieber meinen eigenen Kakao mit.«
»Gute Idee!«, sagte Marie, die sich gerade für einen Cappuccino entschieden hatte. Sie schnupperte. »Die Getränke hier riechen nicht gerade vertrauenerweckend. Der Kaffee hat irgendwie Hühnchen-Aroma!«
Obwohl die Mensa alles andere als gemütlich war, blieben die drei !!! noch eine Weile zusammen an einem der langen Tische sitzen – bis Franzi zum dritten Mal auf die Uhr schaute.
»Ich muss los und Mama im Café helfen. Am Nachmittag ist Adventsbasar.«
Frau Winkler betrieb ein kleines Hof-Café im alten Gewächshaus der Familie. Damit hatte sie sich einen Traum

erfüllt. Für die Winklers bedeutete das aber auch eine ganze Menge Arbeit, besonders jetzt in der Vorweihnachtszeit.
Marie zog die Nase kraus. »Ich darf heute das volle Familienglück mit Oma Agnes genießen. Wir backen alle zusammen gesunde Kekse. Ohne Zucker, Mehl, Backpulver und Ei.«
Franzi machte große Augen. »Wie soll das denn gehen?«
»Ich will es eigentlich gar nicht wissen«, sagte Marie. »Aber in dem Fall bin ich machtlos. Oma Agnes besteht darauf, dass alle mitmachen.« Sie wandte sich an Kim. »Viel Spaß mit deinen ganzen Nullen und Einsen – und was man sonst noch so für Computer braucht. Wir haben unsere Wettschuld für heute beglichen.«
»Klar. Viel Spaß mit den Plätzchen ohne alles! Aber morgen geht es hier weiter!«
Kim verabschiedete sich von ihren beiden Freundinnen und blieb allein mit dem Kakao in der Mensa zurück. Ihre Gedanken wanderten gerade wieder einmal zu Sebastian, als plötzlich jemand hinter sie trat.
»Hallo, Kim!«
Kim fuhr herum. »Bente!«
Das Mädchen mit dem seltsamen Gehrock und den schweren Stiefeln setzte sich an Kims Tisch. »Lange nicht gesehen.«
»Stimmt. Ich hätte dich fast nicht erkannt«, sagte Kim.
Bente Hamprecht hatte sich tatsächlich in den letzten zwei Jahren stark verändert. Sie war dünner geworden und hatte einen sehr eigensinnigen Modestil entwickelt. Früher waren sie sich oft bei Festen in der Grundschule begegnet und Oma Hamprecht hatte die Jülichs hin und wieder zum Tee einge-

laden. Obwohl Bente über ein Jahr älter war, hatten sie und Kim sich damals gut verstanden. Kim erinnerte sich daran, dass Bente schon als Grundschülerin einen eigenen Computer besessen hatte. Kim hatte sie glühend beneidet. Außerdem hatte sie Bentes Mutter bewundert, die als Feuerwehrfrau arbeitete. Da Bentes Eltern geschieden waren und ihre Mutter oft auch nachts und am Wochenende im Einsatz war, kümmerte sich hauptsächlich Oma Hamprecht um Bente.

»Wie geht es deiner Oma?«, fragte Kim.

»Sie ist pensioniert und langweilt sich ohne ihre Schüler. Und deine Mutter?«

»Die ist voll dabei«, berichtete Kim. »Ohne die Schule ist sie auch nur ein halber Mensch.«

»Lehrer!« Bente lachte.

»Stimmt es, dass du dich jetzt Countess Ada nennst?«, fragte Kim.

»Nur im Internet. Das ist mein Nickname«, erklärte Bente. »Nach Augusta Ada Byron King, Countess of Lovelace. Sie war die erste Programmiererin der Geschichte und ist mein großes Vorbild.«

»Hat die nicht schon irgendwann im 19. Jahrhundert gelebt?«, wollte Kim wissen.

»Richtig!«, sagte Bente. »Ada wurde 1815 in England geboren. Kaum zu glauben, dass damals schon jemand über Computer nachgedacht hat.«

Es sah so aus, als wolle Bente gern mehr über ihr Idol erzählen, doch bevor sie dazu kam, fuhr sie erschrocken zusammen.

»Was ist?« Kim folgte Bentes Blick. Sie starrte nun durch das große Fenster zu ihrer Linken in den Hof. Dort stand ein junger Mann. Er wirkte durchgefroren und trat von einem Fuß auf den anderen. Kein Wunder. Seit zwei Tagen war das Wetter feucht und kalt. Wer konnte, hielt sich lieber im Warmen auf.
»Der hat mir gerade noch gefehlt!«, murmelte Bente angespannt.

Verschwörungstheorien

In Kim erwachte sofort die Detektivin. »Wer ist das?« Neugierig blickte sie hinaus zu dem Jungen, der nun an der Fassade des Hauses hochsah, als würde er jemanden suchen.
»Mein Cousin Lars«, antwortete Bente.
»Etwa der Cousin, den du früher so bewundert hast?«
Bente schnaubte verächtlich. »Bewundert? Ja, früher mal! Da habe ich Lars auch noch für den begabtesten Programmierer der Welt gehalten.«
»Und jetzt?«
Bente zögerte. »Es ist alles ziemlich kompliziert.«
»Es sind noch zehn Minuten, bis das Coder-Café öffnet.« Kim sah auf ihre Uhr. »Reichen die für die Hintergrundgeschichte?«
»Ich denke schon.« Bente seufzte. »Lars und ich haben uns erst vor zwei Wochen übelst gestritten. Das kommt bei uns ständig vor. Ich denke, dass er den falschen Weg gewählt hat.«
»Achtung! Verschwörungen!«, brüllte jemand quer durch die Mensa. Die H.A.S.I.s standen am Tresen mit den Süßspeisen und schauten alle vier zu Bente und Kim herüber. Dabei wirkten sie wie neugierige Erdmännchen in grellbunten Wintersachen.
»Vom Regen in die Traufe.« Bente machte ein finsteres Gesicht. »Draußen lauert mein Cousin und hier drinnen versammelt sich gleich die konzentrierte Blödheit der Nation. Die H.A.S.I.s checken es einfach nicht.«
»Was checken die denn nicht?«, hakte Kim nach.

»Na, das mit den Verschwörungstheorien. Ich suche weder nach Beweisen dafür, dass Elvis noch lebt, noch dafür, dass die Mondlandung ein riesiger Fake war. Mir geht es auch nicht um Geheimbünde oder vom Staat abgerichtete Meerschweinchen oder so einen Tinnef!«

»Vom Staat abgerichtete Meerschweinchen?«, echote Kim.

»War nur Spaß!« Bente grinste schief. »Aber ehrlich: Es gibt kaum eine Verschwörungstheorie, die es nicht gibt. Viele davon klingen seltsam und manche sind abstrus. Trotzdem steckt hinter einigen Dingen auch das eine oder andere Körnchen Wahrheit.«

»Und die suchst du?«

»Ich interessiere mich für Sicherheitslücken. Sozusagen Geheimtüren, die von Firmen und Programmierern offen gelassen werden. So, dass sie unbemerkt auf die Daten der Leute zugreifen können.« Sie schaute wieder aus dem Fenster. »Mein Cousin ist nicht nur bei einer Firma gelandet, der es nur ums große Geld geht, er hat sich offensichtlich auch noch mit Leuten eingelassen, die es mit dem Datenschutz nicht so genau nehmen.«

Kim horchte auf. »Hast du Beweise dafür?«

»Ich bin an der Sache dran«, meinte Bente. »Mehr möchte ich jetzt lieber nicht sagen.« Sie stand schnell auf, als die H.A.S.I.s sich an einen Tisch in der Nähe setzten. »Bis gleich.«

»Ja, bis gleich«, antwortete Kim nachdenklich. Die Sache mit den geheimen Hintertüren klang spannend. Schade, dass Bente das Gespräch abgebrochen hatte. War ihr Cousin etwa in kriminelle Machenschaften verwickelt? Gab es hier einen Fall? Oder bildete sich Kim nur etwas ein, weil sie die Detektivarbeit mit Marie und Franzi vermisste? Sie nahm noch einen Schluck von dem Kakao, der mittlerweile kalt geworden war und jetzt erst recht nicht mehr schmeckte. Dann sah sie aus dem Fenster. Lars war verschwunden und der Hof lag leer und düster im trüben Winterwetter.

Als Kim am nächsten Morgen erwachte, zog sich ein feines Muster aus Eisblumen über ihr Fenster. Draußen sah es mit einem Mal sehr winterlich aus. Kim streckte sich zufrieden. Wochenenden waren einfach herrlich! Sie musste nicht in die Schule und aus der Küche wehte bereits der Duft nach frisch gebackenen Brötchen zu ihr ins Zimmer. Kim schlüpfte in ihre Kuschelpantoffeln und warf sich ihren flauschigen Morgenmantel über. Im Flur blieb sie vor ihrem Adventskalender stehen. Zwar hätte sie nichts gegen eine tägliche Extraportion Schokolade gehabt, aber dieser Kalender war auch ganz nach ihrem Geschmack. Hinter den Türchen befanden sich kleine Detektivrätsel und Knobeleien. Während Kim ein winziges Stück Papier mit einer geheimen Botschaft entrollte, musste sie schon wieder an Sebastian denken. Ob er auch einen Adventskalender hatte? Sie rief sich selbst zur Ordnung. Das mit Sebastian lief gerade ganz schön aus dem Ruder. Es war, als wären alle ihre Gedanken mit ihm verknüpft. Selbst beim Anblick von Socken, Lichtschaltern oder Zahnpasta musste sie an ihn denken. Und es wurde immer schlimmer!

»Kim!« Das war die Stimme ihrer Mutter. »Kannst du bitte den Tisch decken? Die Brötchen sind gleich fertig!«

»Ich war schon gestern dran!«, beschwerte sich Kim, als sie in die Küche trat. »Ich habe sogar hinterher den Geschirrspüler eingeräumt! Und ich habe den Tisch abgewischt! Ben und Lukas …«
»Keine Zeit! Wir müssen Papas Handy einstellen«, rief ihr Ben vom Esstisch aus zu.
Er hielt das neue Smartphone von ihrem Vater in den Händen. Es war ein ziemlich modernes Gerät. Herr Jülich hatte sich im Laden zum Kauf überreden lassen, obwohl er eigentlich nur ein Handy zum Telefonieren haben wollte. Dafür waren die Zwillinge ganz begeistert von der Anschaffung ihres Vaters. Lukas schaute seinem Bruder über die Schulter.
»Papa, wenn du eine SMS bekommst, hörst du jetzt einen Kuckuck. Aber bei Gruppennachrichten ist der Signalton ausgestellt«, sagte er fachmännisch.
»Sehr gut!« Herr Jülich öffnete den Backofen und zog vorsichtig das Backblech mit den Brötchen heraus. »Dann ist endlich Schluss mit dem Dauerpiepsen. Uwe schickt ja in einer Tour lustige Bilder und Videos herum.«
»Heute schon vier Stück!«, bestätigte Ben. »Drei Sprüche über Bier und ein Video von einer Weihnachtsfrau, die im Bikini Geschenke bringt.«
»Zeig mal!« Lukas beugte sich noch weiter vor.
»Schalte das aus!«, sagte Frau Jülich streng zu ihrem Sohn. »Keine Handys am Esstisch und erst recht keine Nachrichten von Uwe. Es reicht schon, dass wir im Stundentakt damit zugeschüttet werden.«
»Ihr könnt ihn doch blocken«, empfahl Kim, aber keiner hörte ihr zu.

»Zu Weihnachten wünsche ich mir auch so eins!«, rief Ben, während er das Handy vorsichtig beiseitelegte.
»Ich auch!«, kam es von Lukas.
Frau Jülich schüttelte den Kopf. »Ihr seid zu jung für Smartphones. Was da alles passieren kann!«
»Was denn?«, fragte Ben. »Dass jemand anruft oder eine Nachricht schickt? Wir werden Uwe schon nicht in unsere Gruppen einladen.«
»Das Thema ist hiermit beendet!«, sprach Kims Mutter ein Machtwort. »Ich möchte ein friedliches Adventsfrühstück mit euch haben und mich nicht über unnötige Gegenstände unterhalten!«
Kim war klar, dass die Zwillinge das ganz anders sahen, aber Ben und Lukas hielten sich für den Rest des Morgens zurück. Sie überlegte, was für einen Klingelton sie Sebastian zuordnen würde. Ein romantisches Lied? Oder lieber das Geräusch eines klopfenden Herzens? Und: Hatte Sebastian überhaupt ihre Nummer?

Alarm!

Nach dem Frühstück musste sich Kim beeilen, um nicht den Bus zu verpassen. Bei der Kälte wollte sie nicht mit dem Fahrrad zum Girls Computer Club fahren. Mit dem Bus dauerte es zwar länger, aber dafür saß sie im Warmen und konnte mit Kopfhörern in den Ohren ihren Gedanken nachhängen. Genauer gesagt ihren Tagträumen über Sebastian. Wenn sie sich nicht gerade Fragen an ihn überlegte, malte sie sich gern aus, wie sie mit ihm gemeinsam über den Weihnachtsmarkt schlenderte oder ihn auf ein Date im *Café Lomo* einlud. Bei einem dampfenden *Kakao Spezial* würden sie über Bücher reden und sich dabei tief in die Augen sehen. Vielleicht würden sich dabei die Lichterketten mit den kleinen Sternchen in Sebastians Augen spiegeln. Und die Anlage im *Lomo* würde *Love is warm* von den *Boyzzzz* spielen. Oder doch eher *Lost in your Eyes*? Dann würde Kim erzählen, dass sie die Boygroup persönlich kannte, und Sebastian würde beeindruckt sein. Oder er würde ihr einfach weiter in die Augen schauen und die Liedzeile »I am lost in your eyes, forever in love – with you!« zitieren. Das würde passen. »Verloren in deinen Augen, für immer in dich verliebt.« Diese Stelle gefiel Kim besonders gut.
Als der Bus das Industriegebiet erreichte, hatte sie den Song bereits drei Mal gehört. Bei der Haltestelle vor dem *Ultraviolett* stiegen kaum Leute aus. Um diese Zeit waren die Tore der Messe noch für Besucher geschlossen. Die *AppTown* startete erst am frühen Nachmittag. Die Fachhochschule sah

am Sonntag sehr verlassen aus. Nur in zwei Nebengebäuden waren Fenster beleuchtet. Da Marie und Franzi erst zur Vorlesung um 12:00 Uhr kommen würden, setzte sich Kim beim Krypto-Workshop neben Bente. Das war sowieso ganz praktisch, da Kim ziemlich schnell an ihre Grenzen geriet und auf Hilfe angewiesen war. Die beiden Studentinnen, die den Kurs leiteten, überschütteten die Mädchen schon in den ersten zehn Minuten mit Fachbegriffen. Sie sprachen von Häufigkeitsanalysen und Brute-Force-Methoden, Variablen, symmetrischen Verschlüsselungsverfahren und Public-Key-Verfahren. Kim rauchte der Kopf. Der praktische Teil wurde leider nicht einfacher. Die Aufgabe, die es zu lösen galt, war unheimlich schwierig. Allerdings nicht für Bente. Mit spielerischer Leichtigkeit huschten ihre Finger über die Tastatur ihres Laptops. Kim blickte immer wieder seufzend auf ihren eigenen Bildschirm. Sie war beinahe froh, als der Workshop zu Ende war. Ihr Gehirn brauchte dringend eine kleine Pause – und Nervennahrung!

An der Tür warteten bereits Marie und Franzi auf sie. Kim winkte ihnen zu. Dann spähte sie in ihre Tasche. Irgendwo zwischen all den Sachen befand sich ein kleiner Weihnachtsmann aus Schokolade, den sie vorsorglich eingesteckt hatte.

»Bis dann!«, verabschiedete sich Bente, die bereits alle ihre Sachen gepackt hatte. »Wir sehen uns beim Vortrag.«

»Ja«, gab Kim zurück. »Bis gleich.«

Mit der Laptoptasche über der Schulter eilte Bente hinaus auf den Flur, bevor die H.A.S.I.s wieder Stress machen konnten. Dort wurde sie allerdings von einer kleinen Person mit einer großen Einkaufstasche gebremst.

»Oma!«
Kim erkannte Frau Hamprecht sofort wieder. Die ehemalige Kollegin ihrer Mutter hatte sich überhaupt nicht verändert. Als Kim noch im Kindergarten gewesen war, hatte sie sich bei dem Märchen über Frau Holle immer Hildegard Hamprecht vorgestellt, wie sie große, weiße Daunendecken ausschüttete und es auf der Erde schneien ließ.
»Was machst du denn hier?«, wunderte sich Bente.
»Ach, Entchen, du hast etwas vergessen!« Frau Hamprecht griff in ihre große Einkaufstasche und schien etwas zu suchen. Bente verzog bei dem Spitznamen »Entchen« das Gesicht. Ihre sonst so blassen Wangen färbten sich rosa.
»Hier ist er ja!« Ihre Oma fischte einen Schlüsselbund aus der Tasche. Daran hingen mehrere Schlüssel und ein USB-Stick. »Das habe ich im Flur unter der Garderobe gefunden.«
Bente stutzte kurz und machte ein erschrockenes Gesicht. Aber dann griff sie eilig danach. »Danke, Omi. Das ist ganz lieb von dir.« Sie blickte sich zu den H.A.S.I.s um. »Ich muss jetzt schnell weiter, okay?«
»Bist du zum Kaffeetrinken wieder zu Hause?«, fragte Frau Hamprecht hoffnungsvoll. »Ich habe Kuchen gebacken.«
»Mal sehen. Vielleicht.« Bente schulterte ihre Laptoptasche und winkte knapp. »Bis dann. Und danke für den Schlüssel!«
»Bis dann, Entchen.« Oma Hamprecht winkte ihr hinterher. Sie sah enttäuscht aus.
Kim überlegte kurz, ob sie Frau Hamprecht ansprechen sollte. Aber da hatte Bentes Oma schon ihre Tasche zugeknöpft und ging in Richtung Ausgang davon.

»Sie ist etwas seltsam«, meinte Marie. »Aber ihr Stil gefällt mir!«
Kim blickte der ehemaligen Lehrerin nach. »Echt? Ich finde ihre Sachen etwas altbacken.«
»Ich meine doch nicht die Oma!« Marie lachte. »Ich meine Bente. Sie hat mich definitiv inspiriert.«
Jetzt erst bemerkte Kim, dass ihre Freundin Bentes Look aufgegriffen hatte. Wenn auch in einer eigenen Variation. Marie trug eine taillierte schwarze Uniformjacke mit metallischen Akzenten über einem romantischen Kleid. Dazu grobe Wollstrumpfhosen, einen riesigen Wollschal und gefütterte Stiefeletten. Marie hatte ein untrügliches Gespür für Mode. Sie kopierte nicht nur aktuelle Trends, sondern entwickelte auch immer wieder selbst neue Looks. Dass sie dafür auch mal frieren musste, nahm sie in Kauf. Franzi passte sich lieber dem Wetter an. Sie trug eine dicke Outdoorjacke und eine Pudelmütze. Ihre Füße steckten in Thermo-Reitstiefeln. Offenbar kam sie direkt von ihrem Sonntagsausritt mit ihrem Pony Tinka.
»Es riecht nach Mist!«, kam es prompt von einer der H.A.S.I.s. Dann folgte auch schon das mehrstimmige Kichern. »So ein Mist! Wo ist denn das Pferdchen?«
»Ha, ha«, machte Franzi trocken.
Blöde Kommentare über Stallgeruch ließen sie grundsätzlich kalt. Die H.A.S.I.s witzelten noch etwas herum und hörten dabei nicht ein einziges Mal mit dem Kichern auf. Leider wollten sie sich auch den Vortrag anhören.
Marie verdrehte genervt die Augen. »Was für eine freundliche, harmonische Atmosphäre!«

»Bin ich froh, dass ihr da seid!«, sagte Kim. »Bente ist ja ganz nett, aber sie lebt in ihrer eigenen Welt. Und wenn sie am Computer arbeitet, komme ich mir wie die letzte Idiotin vor! Ich muss noch so viel lernen!«

»Das denke ich beim Tanzunterricht auch jedes Mal«, gab Marie zu, während sie mit möglichst großem Abstand zu den H.A.S.I.s über den Flur gingen.

Der Vorlesungssaal lag am anderen Ende des Gebäudes in der Nähe der Mensa. Als sie eintraten, waren die meisten Mädchen schon da. Auch Bente hatte sich bereits einen Platz gesucht. Auf dem Klapptisch vor sich hatte sie ihren Laptop aufgebaut. Die Studentinnen Natalia und Miray schalteten gerade den Beamer ein und redeten leise miteinander. Die H.A.S.I.s redeten auch – allerdings nicht leise. Man konnte jedes einzelne Wort verstehen. »Wenn ich meine Mode-App programmiert habe, bekommt Bente einen kostenlosen Download. Sie hat das echt nötig.«

»Aber wirklich. Sie ist voll der modische Notfall!«

Bente sah nicht von ihrem Laptop auf. Sie reagierte auch nicht, als die drei !!! sich neben sie setzten. Erst, als die Studentinnen mit der Vorlesung begannen, kam Leben in Bente. *»IoT – Das Internet der Dinge«*, sagte sie leise zu Kim. »Das Thema interessiert mich sehr. Schon allein wegen der ganzen Sicherheitslücken.«

»Aha«, machte Marie nur.

Franzi hörte nicht zu, da sie gerade eine SMS an Blake schrieb.

Dafür nickte Kim. »Davon habe ich auch schon gehört! Da geht es doch zum Beispiel darum, dass Haushaltsgeräte mit

dem Internet verbunden sind und per Handy gesteuert werden können. Klar, dass da auch mal was schiefgeht.«
»Es geht nicht nur um Haushaltsgeräte«, erklärte Bente. »Es geht um den Datenaustausch von Maschinen aller Art.«
»Wir fangen jetzt an!« Miray klopfte auf das kleine Pult, das vor den Sitzreihen stand. Die Stimmen im Raum verstummten. Selbst die H.A.S.I.s wurden ruhig.
Natalia blickte ihr Publikum an. »Heute geht es um das Internet der Dinge. Auch als *Internet of Things* oder IoT bekannt.« Die Studentinnen schafften es, das Thema sehr unterhaltsam zu erklären – sogar für Marie und Franzi. Anscheinend gab es wirklich eine ganze Menge Sicherheitslücken, wenn Lampen, Kühlschränke oder Heizungen über Apps gesteuert wurden. »Und während eure Eltern im Büro sitzen, greift euer Ofen vielleicht gerade den Server eines Geheimdiensts an.« Miray lachte, aber bei ihren nächsten Worten wurde klar, dass das, was sie gesagt hatte, gar nicht so abwegig war. Gerade wollte Natalia noch etwas beisteuern, als ein schriller Ton die Studentinnen verstummen ließ. Der Ton schwoll an, ließ nach und wurde wieder lauter. Es klingelte unangenehm in den Ohren.
Natalia riss erschrocken die Augen auf. »Feueralarm!«

Bestohlen!

Natalia blickte unschlüssig zu Miray, doch die hatte sich bereits vor den Zuhörern aufgebaut. »Keine Panik! Wir verlassen jetzt alle den Raum und gehen auf den Hof! Die letzte Reihe zuerst, dann die vorletzte und so weiter! Kein Drängeln! Nicht den Aufzug benutzen. Keine Umwege machen. Jacken an. Alle anderen Sachen bleiben hier!«
Bente blickte verzweifelt auf all die Dinge, die ausgepackt vor ihr lagen: Laptop, Handy, Handytasche, Schlüsselbund, Ladekabel … Sie beeilte sich mit dem Zusammenpacken. Ihre Hände zitterten.
»Raus mit euch!«, rief Miray energisch. »Sofort! Ich schließe den Raum ab. Lasst alles hier!«
»Aber …«, stotterte Bente, doch Natalia schüttelte energisch den Kopf. »Raus hier! Ihr habt Miray gehört!«
»Komm!«, rief Kim Bente zu. Sie hatte bereits ihre Jacke geschnappt und steuerte auf die Tür zu. Dann ging es unter dem Heulen der Sirene den Flur entlang.
Bente blickte sich immer wieder nervös um. In den Händen hielt sie ihr Handy und den Schlüsselbund. »Ich hätte alle meine Sachen mitnehmen sollen. Ich … ich hätte …«
»Hauptsache, wir haben die Jacken dabei!«, sagte Franzi energisch. »Alles andere ist entbehrlich.«
»Hoffentlich kommen wir raus!«, rief ein Mädchen neben ihnen. Sie wirkte panisch. »Ich kann das Feuer schon riechen! Garantiert!«
»Ach du Schande!«, murmelte Bente und beschleunigte ihre

Schritte. Der lange Rock bauschte sich um ihre Beine und sie musste aufpassen, dass sie nicht stolperte. »Ich muss hier raus!«
»Ganz ruhig!«, mahnte Franzi. »Hektik bringt jetzt nichts. Geh einfach weiter!«
Kim schnupperte. Das Mädchen musste sich etwas eingebildet haben. Es roch nicht nach Rauch. Allerdings hatte das nichts zu bedeuten. Die Fachhochschule bestand schließlich aus mehreren Gebäuden. Vielleicht war das Feuer in einem anderen Teil ausgebrochen.
»Hier raus!«, rief Miray, die sich am Notausgang aufgebaut hatte. Eine nach der anderen stolperten sie hinaus auf einen Hof, der zur Straße hin offen war. Auch dort war nirgendwo ein Feuer zu sehen. Das hielt einige Mädchen jedoch nicht davon ab, alles per Foto oder Video zu dokumentieren.
»Och nö, wo sind denn die Flammen?«, beschwerte sich Helen, die ihr Handy hochhielt. »Ich brauche wenigstens etwas Rauch!«
Kim fand dieses Verhalten unmöglich. Doch gleichzeitig musste sie an etwas denken, was Sebastian über Nachrichten gesagt hatte: »Für Journalisten sind schlechte Nachrichten gute Nachrichten. Sie verkaufen sich besser.« Kim schluckte. War Sebastian auch froh, wenn es irgendwo brannte? So schätzte sie ihn definitiv nicht ein. Und Sebastian war auch nicht wie Helen. Sonst hätte sie sich gar nicht erst in ihn verliebt. Kim blickte zu ihren Freundinnen. Marie hatte die Arme um den Körper geschlungen, trat von einem Fuß auf den anderen und fror. Franzi schien die Kälte nicht ganz so viel auszumachen. Sie wandte sich an Bente. »Alles klar?«

Jetzt erst bemerkte Kim, dass Bente noch immer verstört wirkte. Ihr Blick wanderte unruhig über den Hof, ihre Schultern waren hochgezogen und sie biss auf ihren Fingernägeln herum. Den Schlüssel mit dem USB-Stick hielt sie dabei immer noch fest in der Hand. »Nein. Ehrlich gesagt, nicht. Ich habe Angst vor Feuer!«, gab sie zu. Dann lachte sie schrill auf. »Meine Mutter ist Feuerwehrfrau und echt mutig. Aber ich brauche Rauch nur zu riechen und schon will ich nur noch weg.«

»Du hast dich als Kind mal heftig verbrannt, oder?«, fragte Kim mitfühlend.

Bente nickte. »Am Arm. Ist aber zum Glück nichts Schlimmeres passiert. Meine Mutter hat schnell reagiert. Man kann nur noch eine kleine Narbe sehen, wenn man weiß, wo man gucken muss.«

»So ein Unfall kann einem aber auch Angst einjagen«, fand Kim.

Bente schien nicht überzeugt. »Wenn ich nicht so aufgeregt gewesen wäre, hätte ich den Laptop niemals zurückgelassen!«

»Miray hat doch abgeschlossen«, versuchte Kim sie zu beruhigen. »Und wenn die Feuerwehr alles geklärt hat, können wir unsere Sachen abholen.«

»Mach dir keine Sorgen«, sagte nun auch Franzi.

Bente steckte endlich den Schlüssel in die Tasche. »Ich habe meine Sachen einfach gerne bei mir. Besonders die Datenträger.«

Kurz darauf ertönte die Sirene eines Feuerwehrwagens. Die Mädchen standen gemeinsam mit den Studentinnen und einigen anderen Leuten auf dem Hof und warteten. Helen

filmte die Ankunft der Feuerwehr. Mehrere Leute in Schutzausrüstung stürmten das Gebäude. Dann geschah ziemlich lange nichts. Die Studentinnen erlaubten den Mädchen, in ein Café zu gehen, das auf der anderen Straßenseite lag. Erst jetzt beruhigte sich die Stimmung langsam. Die Anspannung der Mädchen ließ nach. Helen hatte endlich aufgehört zu filmen. Sie stand wieder bei ihren drei Freundinnen, die alle einen *Tall Double-Cinnamon Decaf Soy Latte Light Moccacino* bestellten – was immer das war. Die drei !!! und Bente holten sich lieber einen einfachen Kakao.
Dann warteten sie. Erst nach einer halben Stunde kam die Entwarnung: Jemand hatte aus Versehen einen Fehlalarm ausgelöst. Bente verlor keine Zeit und eilte die Treppen hinauf zum Vorlesungsraum. Als die drei !!! oben ankamen, stellten sie fest, dass die Tür sperrangelweit offen stand. Bente war mit einem Satz zwischen den Stuhlreihen.
»Wollte Miray nicht abschließen?«, fragte Franzi verdutzt.
»Sie hat abgeschlossen«, antwortete Marie. »Ich habe es genau gesehen.«
»Mein Laptop ist weg!« Bente ließ sich auf ihren Stuhl fallen. Ihre Augen füllten sich mit Tränen. »Das kann doch nicht wahr sein!«
»Gestohlen?« Kim blieb erschrocken in der Tür stehen.
Bente antwortete nicht. Sie sah einfach nur erschöpft und verzweifelt aus.
Marie sah sich langsam im Raum um. »Zwei teure Jacken, ein brandneues Smartphone, mehrere Laptops und eine Handtasche von einem angesagten Modelabel. Alles noch da.«

Franzi nickte. »Falls ein Dieb hier war, hat er es nicht auf wertvolle Gegenstände abgesehen.«
»Oder war dein Laptop ein besonders teures Modell?«, wollte Marie von Bente wissen.
Bente schniefte, dann setzte sie sich gerade hin. »Billig war er nicht gerade, aber das eigentlich Wertvolle sind die Daten darauf.« Sie hörte auf zu sprechen, als die anderen Mädchen in den Raum traten.
»Halt!«, rief Kim. »Bitte nichts anfassen!«
»Soll das ein Scherz sein?«, fragte eine der H.A.S.I.s.
»Hier ist eingebrochen worden!«, erklärte Franzi.
Ein paar Mädchen verdrehten die Augen. Andere wollten sofort ihre Sachen überprüfen. Doch da kamen auch schon Miray und Natalia. »Was ist denn los?«
In knappen Worten berichteten die drei !!! von dem Diebstahl und der offenen Tür.
»Das auch noch.« Natalia stöhnte. »Jetzt müssen wir die Polizei rufen.«
Bente schüttelte langsam den Kopf. Sie war ganz blass. »Die anderen sollen nachschauen, ob sie auch etwas vermissen. Wenn nichts anderes fehlt, war es bestimmt nur ein Streich.«
»Ein Streich?«, fragte Franzi ungläubig.
»Das kommt schon mal vor.« Bente sah auf ihre Fußspitzen hinab.
»Also ich weiß nicht«, begann Miray, doch Natalia fand die Idee gut. Zehn Minuten später stand fest, dass der Dieb wirklich nur den Laptop entwendet hatte.
»Sogar mein Geld ist noch da!«, sagte ein Mädchen ganz erleichtert. »Und mein Handy!«

»Also keine Polizei«, sagte Bente tonlos.
»Wirklich nicht?« Natalia blieb skeptisch. »Und wenn es kein Streich ist?«
»Wenn mein Laptop bis morgen nicht wieder auftaucht, dann wende ich mich an die Polizei«, versprach Bente.
Miray sah auf die Uhr über der Tafel. »Wir müssen hier gleich wieder abschließen. Die Vorlesung über App-Technologien ist wegen des Alarms eh ausgefallen. Wer möchte, kann noch in das Coder-Café neben der Mensa gehen.«
»Darf ich mich noch kurz umschauen?«, fragte Kim.
Miray sah auf. »Wegen des Laptops?«
»Ja, vielleicht finden wir einen Hinweis auf den Täter.«
Natalia lachte leise. Es war klar, dass sie Kim nicht ernst nahm. »Ihr habt fünf Minuten.«
In Windeseile machten sich die drei !!! daran, den Raum zu untersuchen. Dabei hatten sie mittlerweile eine gute Routine entwickelt. Franzi überprüfte das Schloss an der Tür, Marie machte Fotos und Kim holte das Fingerabdruckset aus ihrem Rucksack. Das hatte sie zum Glück fast immer dabei.
»Das ist ein öffentlicher Raum«, sagte Bente leise. »Hier sind bestimmt hunderte von Fingerabdrücken.«
»Auch an deiner Handyhülle?«, fragte Kim.
Die Hülle lag noch immer an Bentes Platz – mitten auf dem Tischchen. Bei dem Alarm hatte Bente das Handy ohne Hülle in die Tasche gesteckt.
»Vielleicht hat jemand die Hülle angefasst oder beiseitegeschoben.«
Miray und Natalia schauten den drei !!! belustigt zu. Aber sie drängten sie nicht zur Eile. Als die Mädchen fertig waren,

verabschiedeten sie sich. »Und Bente, wenn der Laptop nicht wieder auftaucht, müssen wir doch die Polizei informieren!«
»Das war garantiert nur ein Streich«, sagte Bente wieder.
»Warum willst du die Polizei nicht einschalten?«, fragte Kim, als sie mit Bente und ihren Freundinnen allein war.
Bente atmete hörbar aus, sagte jedoch nichts.
»Du hast Angst, dass die Polizei bei den Ermittlungen herausfindet, dass du eine Hackerin bist, stimmt's?« Kim sah Bente direkt in die Augen.
»Ich hacke nicht zu kriminellen Zwecken.« Bente hielt dem Blick stand. »Ganz im Gegenteil. Aber ich will nicht, dass irgendwelche Beamten meine Daten durchwühlen und der Meinung sind, meinen Laptop untersuchen zu müssen.« Sie machte eine kurze Pause. »Und meine Omi hält meine Arbeit am Computer sowieso für gefährlich und schlecht. Wenn sie das mit dem Diebstahl erfährt, darf ich garantiert nie wieder einen Computer haben.«
»Du könntest uns engagieren.« Franzi zückte die Visitenkarte der drei !!!. »Wir behandeln den Fall vertraulich, versprochen!« Sie reichte Bente die Karte.

Kim hatte erwartet, dass Bente dankend ablehnen würde. Stattdessen nickte Bente langsam. »Das klingt gut. Ich würde euch gern engagieren.«
»Super!«, freute sich Kim. »Wir übernehmen den Fall!«
»Klar«, fügte Franzi hinzu.
Etwas zögerlich stimmte auch Marie zu: »Du kannst auf uns zählen.«
»Danke!«, sagte Bente. »Allerdings bekomme ich nicht gerade viel Taschengeld. Ich hoffe, euer Honorar ist nicht zu hoch.«
»Wir nehmen kein Geld!«, versicherte ihr Kim schnell.
Ein Lächeln huschte über Bentes Gesicht. »Klingt ja fast wie bei den drei ???.«
»Stimmt.« Kim grinste. »Nur dass wir keine Buchheldinnen sind, sondern hier wirklich vor dir stehen.«
»Und wie geht ihr jetzt vor?«
»Den Raum haben wir ja schon untersucht«, sagte Kim. »Ich habe auf der Handyhülle mehrere Fingerabdrücke gefunden. Die muss ich mit deinen Fingerabdrücken vergleichen, damit ich weiß, welche Abdrücke nicht von dir stammen.«
»Außerdem werden wir uns die Fotos vom Tatort in Ruhe angucken«, ergänzte Marie. »Manchmal sieht man darauf etwas, was man zunächst einfach übersehen hat.«
»Ich habe mir die Tür vorgenommen«, berichtete Franzi. »Sie wurde nicht gewaltsam aufgebrochen. Allerdings ist der Schließmechanismus sehr einfach. Es handelt sich ja nicht um eine Haustür. Ich denke mal, dass man das Ding mit einer Plastikkarte aufbekommt. Zum Beispiel mit einer Kreditkarte oder einem Büchereiausweis.«

»Oder der Dieb hatte einen Schlüssel«, überlegte Kim laut. »Wir müssen auf jeden Fall eine Liste mit allen Verdächtigen anlegen und diese Leute dann auf Alibis überprüfen.«
Marie sah auf ihre Uhr. »Leider können wir damit nicht sofort anfangen. Oma Agnes erwartet mich um Punkt 14:00 Uhr am sonntäglichen Mittagstisch. Ich muss mich beeilen.«
»Wollen wir uns einfach heute am frühen Abend treffen?«, fragte Kim in die Runde.
»Von mir aus gern«, meinte Bente. »Habt ihr ein geheimes Hauptquartier?«
»Und ob«, sagte Kim nicht ohne Stolz. Schließlich hatten die drei !!! sich im alten Pferdeschuppen auf dem Grundstück der Winklers ein richtiges Detektivbüro eingerichtet. Bei Minusgraden war es dort jedoch nicht so gemütlich. Das fiel Kim jetzt auch ein. »Unser Hauptquartier ist allerdings nicht nur sehr geheim, sondern im Moment auch sehr kalt.«
»Stimmt«, gab Franzi zu. »Vielleicht sollten wir uns lieber bei Marie treffen?«
»Geht klar. Dann um 17:00 Uhr bei mir«, sagte Marie schnell. »Ich muss jetzt wirklich los. Wenn ich zu spät komme, gibt es eine ewig lange Rede über schlechte Angewohnheiten und die einfachen Regeln der Höflichkeit!« Sie stöhnte auf und eilte dann los.
Kim und Franzi tauschten mit Bente Handynummern aus und gaben ihr dann noch Maries Adresse. Zehn Minuten später saßen sie nebeneinander im Bus. Franzi zog ihr Handy heraus. »Ich muss Blake noch kurz auf eine Nachricht antworten.«
»Kein Problem«, meinte Kim. Sie lehnte sich zurück und

versuchte, im Kopf alle Informationen rund um den Fall zu ordnen. Da gab ihr Handy einen kurzen Signalton von sich. Kim blickte auf das Display. Eine SMS von Bente. Ob sie nun doch nicht die Dienste der drei !!! in Anspruch nehmen wollte? Kim öffnete die Nachricht.

Hi Kim, danke, dass ihr mir helfen wollt! Habe übrigens eben schon wieder auf dem Hof meinen Cousin gesehen. Wollte ihn ansprechen, aber dann war er schon weg. Bis später bei Marie! B.

Bentes Cousin Lars war also am Tatort gewesen. Zu dumm, dass sie ihn nicht beschatten konnten. Kim und Franzi waren schon zu weit von der Fachhochschule entfernt. Sie würden ihn nicht mehr einholen.

Powerspruch reloaded

Franzi hustete. Dann wedelte sie hektisch mit der Hand vor ihrer Nase herum. »Kann mal jemand die Feuerwehr rufen?«
»Das ist die Weihnachtsedition von *Emotional Living*!«, erklärte Marie mit einem leicht beleidigten Unterton in der Stimme. »Zimt-Vanille.«
»Es qualmt und müffelt!« Franzi zog die Nase kraus. »Ein Wunder, dass eure Rauchmelder nicht dauernd Alarm auslösen!«
»Ich finde es schön!«, verteidigte sich Marie.
In ihrem Zimmer war alles auf die Winterzeit abgestimmt: Kissen mit stilvollen Weihnachtsmotiven, ein weißer Ast mit Silbersternen und pinkfarbenen Kugeln über dem Schreibtisch, eine Lichterkette an der Gardinenstange, ein großes Windlicht mit einer dicken, weißen Kerze neben dem Fenster und eine kleine Schale mit Räucherstäbchen auf dem Couchtisch. Eine dünne Spirale aus Rauch stieg von ihnen auf und sorgte für einen intensiven Duft.
Kim setzte sich auf eines der Bodenkissen – gleich neben die Schale mit den Keksen. »Ich mag Zimt und Vanille auch gern.«
»Essen: Ja«, meinte Franzi. »Darin geräuchert werden: Nein!«
Während sich Franzi und Marie ein kleines, aber harmloses Wortgefecht lieferten, sah sich Bente staunend um. So ging es den meisten Leuten, die zum ersten Mal in die Villa kamen. Maries Vater war ein bekannter Schauspieler und der Familie fehlte es an nichts. So besaß Marie zum Beispiel

ein eigenes Badezimmer und einen prall gefüllten Kleiderschrank, von dem andere Mädchen nur träumen konnten.
»Wow!«, machte Bente. »Das ist dann wohl die reale Version von Barbies Traumhaus.«
»Nur ohne rosa Plastik«, sagte Kim. »Und ohne das Pferd mit der langen, weißen Mähne.«
Marie baute sich in der Mitte des Zimmers auf. »Wenn ihr es nur darauf abgesehen habt, zu meckern oder euch über mich lustig zu machen, dann könnt ihr wieder gehen. Ich kann meine Zeit nämlich auch sinnvoller verbringen.«
»Mit einem Barbie-Schaumbad im Barbie-Traumbad?«, rief Franzi und lachte.
»Eine gute Idee.« Marie unterdrückte ein Grinsen und warf Franzi ein Kissen mit einem aufgedruckten Reh an den Kopf.
»Leute!«, rief Kim die anderen zur Ordnung. »Wir haben nicht viel Zeit!«
»Schon gut.« Franzi räusperte sich. »Lasst uns die Fakten des Falls durchgehen.«
»Ich brauche auch noch Bentes Fingerabdrücke für den Vergleich«, stellte Kim fest. Sie holte das Etui mit dem Abdruckset aus ihrem Rucksack. Darin befanden sich ein Pinsel und Grafitpulver für das Sichern von Fingerabdrücken auf Gegenständen. Außerdem gab es auch noch einen kleinen Block und ein Stempelkissen. Genau das brauchte Kim jetzt. »Bitte einmal den Daumen hier draufdrücken.«
Bente streckte ihr widerstrebend die rechte Hand hin. »Da kommt man sich ja fast wie ein Verbrecher vor.«
»Anders können wir nicht herausfinden, von wem die anderen Abdrücke sind«, sagte Kim.

Während Kim auch von Bentes anderen Fingern Abdrücke nahm, stellten Franzi und Marie ihr eine ganze Reihe Fragen. Marie hatte dafür einen Ringblock vor sich aufgeschlagen und machte sich Notizen.

»Du hast also bei der Fachhochschule kurz nach dem Feueralarm deinen Cousin gesehen?«

»Ja«, bestätigte Bente. »Er ging über den Hof. Dabei hatte er es ziemlich eilig. Aber ich bin mir ganz sicher, dass er es war.«

»Damit ist er gerade unser Hauptverdächtiger!«, sagte Franzi entschieden.

»Schon«, gab Kim zu. »Aber wir dürfen uns nicht voreilig auf eine Lösung einschießen.«

»Ganz richtig«, fand auch Marie. »Hast du Feinde, die es speziell auf deine Daten abgesehen haben könnten?«

»Ich bin Hackerin«, gab Bente zurück. »Wenn ich irgendwo Sicherheitslücken oder Datenschutzverletzungen finde, schreibe ich die Unternehmen an und informiere sie. Wenn sie nicht reagieren, mache ich die Sache öffentlich. Das will natürlich keiner.«

»Du meintest, dass dein Cousin es mit dem Datenschutz auch nicht so genau nehmen würde«, erinnerte sich Kim.

»Richtig«, sagte Bente. »Lars macht eine Ausbildung zum Fachinformatiker bei einer Computerspiele-Firma namens *Level Q*. Ihr kennt bestimmt diese dämliche App mit den Raumschiffen, die man durch die Stadt verfolgen kann.«

»*Real Space Race!*«, rief Franzi. »Natürlich! Mein Freund ist ganz verrückt danach. Wir haben uns deswegen sogar gestritten. Ich meine, es ist doch total bescheuert, unechten Sternenkreuzern und Spaceshuttles hinterherzurasen.«

»Ganz meine Meinung!«, sagte Bente. »Das Programm selbst ist allerdings sehr interessant. Die Programmierer haben ganze Arbeit geleistet. Aber es gibt anscheinend eine Schwachstelle.«

»Was denn für eine?«, wollte Marie wissen.

»Eine Art Hintertür, die der App den Zugriff auf andere Programme im Handy ermöglicht«, erklärte Bente, während sie ihre Finger mit einem feuchten Tuch abwischte. »Es ist zwar normal, dass Apps auch auf die Fotos oder das Adressbuch zugreifen können, aber normalerweise muss man als Nutzer gefragt werden und zustimmen.«

»*Level Q* will also in irgendeiner Form auf die Handys der Spieler zugreifen?«, hakte Franzi nach.

»Das ist nicht gesagt«, meinte Bente. »Manchmal sind es einfach Fehler, die den Programmierern unterlaufen. Aber wir Hacker setzen die Firmen trotzdem unter Druck.«

»Wie bei einer Erpressung?«

»Ich verlange ja nichts«, wandte Bente ein. »Nur die Korrektur des Programms. Trotzdem stellen sich manche Firmen quer.«

»*Level Q* auch?«

»Ich habe zumindest noch nichts von ihnen gehört«, sagte Bente. »Bald ist die Frist abgelaufen. Dann stelle ich alle meine Beweise ins Netz. Falls es bis dahin nicht schon ein anderer Hacker tut.« Sie seufzte. »Das mit den Beweisen wird jetzt allerdings schwierig. So ganz ohne Computer. Ich sichere meine Daten zwar ab, aber ich will meine Festplatten nicht im Jugendzentrum oder bei Mitschülern anschließen. Bleibt eigentlich nur der Computer meiner Mutter. Der ist so alt, dass er locker ins Museum könnte. Da müsste ich erst mal eine ganze Reihe Updates installieren – wenn meine Mutter das überhaupt erlaubt.«

»Kannst du dir nicht einen neuen Laptop zu Weihnachten wünschen?«, fragte Marie.

Bente seufzte. »Eher geht meine Oma im Minirock in die Disco! Und meine Mutter brauche ich auch nicht zu fragen. Die schenkt mir immer Gutscheine für gemeinsamen Mutter-Tochter-Aktionen.«

Kim verstaute das Fingerabdruckset in ihrem Rucksack. »Kommen wir noch mal auf *Level Q* zurück. Immerhin hast du die Firma unter Druck gesetzt. Außerdem arbeitet dein Cousin Lars dort und der wiederum war am Tatort.«

»Das ist wirklich seltsam«, gab auch Bente zu. »Er hat nichts mit der Fachhochschule am Hut. Ein Studium kam für ihn ja nicht infrage, weil er gleich Geld verdienen wollte.«

»Außerdem hätte er zu der Zeit auf der Messe sein müssen, oder?«, gab Franzi zu bedenken.

»Ich denke schon«, meinte Bente. »*Level Q* hat dort einen Stand und die Praktikanten und Auszubildenden haben Messedienst. Es kann aber auch sein, dass die Überstunden abbummeln dürfen. Ich kenne mich da nicht so aus.«

Franzi nahm sich einen Keks aus der Schale. »Hast du ihn darauf angesprochen?«

»Nein. Lars und ich haben kaum noch Kontakt. Wenn wir uns sehen, streiten wir uns nur. Wir haben einfach zu verschiedene Ansichten.«

»Schreiben wir also *Level Q* und Lars ganz oben auf die Liste der Verdächtigen!«, sagte Franzi. Sie biss herzhaft in den

Keks und verzog das Gesicht. »Was ist das?«, keuchte sie mit vollem Mund.
»Die Kekse von Oma Agnes«, sagte Marie. »Sehr gesund, aber leider nicht wirklich lecker.«
»Uhhhhhhhh.« Franzi sprang auf und rannte in Maries Bad, wo sie sich den Mund ausspülte.
Als sie wieder zurückkam, hatte Marie noch die Namen der H.A.S.I.s auf die Liste gesetzt. »Immerhin haben die es alle vier auf dich abgesehen!«
»Ich bin mir auch nicht sicher, ob ich das komplette Karnickel-Team auf dem Hof gesehen habe«, meinte Kim nachdenklich. »Zumindest eine von ihnen könnte sich zwischendurch in den Vorlesungssaal geschlichen haben.«
»Das würde auch erklären, warum sie später so hinterhältig gegrinst haben«, sagte Franzi.
Bente seufzte. »Die grinsen immer hinterhältig.«
Marie war nicht ganz überzeugt. »Aber wer hat vorher den Alarm ausgelöst? Die waren doch alle bei dem Vortrag.«
»Eventuell geht das auch per Fernzugriff«, überlegte Bente. »Mit dem Handy. Zumindest, wenn man weiß, wie es geht.«
»Oder der Täter hatte einen Komplizen«, sagte Franzi.
»Was ist eigentlich mit Miray und Natalia?«, warf Kim in den Raum. »Die haben doch einen Schlüssel.«
»Aber sie standen auf dem Hof fast die ganze Zeit neben uns. Und danach haben sie mit den Feuerwehrleuten gesprochen.« Marie dachte nach. »Wenn sie es waren, müssen sie es ziemlich schnell erledigt haben.«
»Fragt sich auch, was die mit meinem Laptop wollen.« Bente sah die drei !!! unschlüssig an.

»Setzen wir doch einfach ein Fragezeichen hinter die Namen.« Marie beugte sich über ihre Liste. »Sonst noch jemand?«
Bente nickte. »Drei Firmen, die ich im Internet angeprangert habe. Ich schreibe euch gern die Namen auf.«
»Wir sollten mit *Level Q* beginnen«, überlegte Kim. »Dort arbeitet schließlich dein Cousin und der ist unser Hauptverdächtiger. Außerdem haben die Leute von *Level Q* einen Stand auf der Messe. Wir können sie dort unauffällig besuchen und uns einen Eindruck verschaffen. Mit etwas Glück können wir sogar ein paar Fingerabdrücke sammeln!«
Franzi nahm sich automatisch noch einen Keks, legte ihn dann aber schnell wieder in die Schale. »Dann treffen wir uns gleich morgen nach der Schule?«
Kim schüttelte den Kopf. »Ich kann leider nicht. Ich habe bis 14:00 Uhr Unterricht und danach habe ich eine Verabredung.«
Marie horchte auf. »Ein Date?«
»Nein, ganz im Gegenteil«, sagte Kim. Sie rollte mit den Augen. »Ich muss jemandem mit Computerproblemen helfen. Leider. Dafür bin ich Dienstag wieder mit von der Partie.«
»Das wird auch nötig sein, bei all den Verdächtigen«, sagte Marie.
»Uff«, machte Franzi. »Das wird ein ganzes Stück Arbeit!«
»Ein Fall für eine Extraportion Power!«, stellte Marie fest. Sie spielte auf den Powerspruch der drei !!! an. Der war mittlerweile eine lieb gewordene Tradition ihres Detektivclubs.
Kim, Franzi und Marie standen auf und stellten sich in einen Kreis.

»Was geht denn jetzt ab?«, fragte Bente verwirrt.
»Siehst du gleich!« Franzi lachte.
Die drei Mädchen legten die Hände übereinander. »Die drei !!!«, sagten sie im Chor.
»Eins«, rief Kim. Marie sang ein melodisches »Zwei!«. Franzi wollte gerade die Zahl »Drei« beisteuern, als die Tür aufging.
»Das Abendbrot ist fertig!« Oma Agnes trat mit energischen Schritten in den Raum. Im Gegensatz zu Bentes Großmutter war sie ausgesprochen sportlich und jugendlich. Zumindest, was das Aussehen betraf. Ihre Einstellungen waren eher vorsintflutlich: Sie lehnte Handys und Computer strikt ab (Elektrosmog!), fand Süßigkeiten gefährlich (ganz schlimm für die Zähne und die Verdauung!), Nagellack unnötig (und giftig!) und die Bezeichnung »Fräulein« (für alle unverheirateten Frauen) sinnvoll und modern. Kinder mussten bis spätestens sieben Uhr abends in den Betten liegen (egal ob sie 7 oder 17 Jahre alt waren) und die Freizeit durfte grundsätzlich erst nach den erledigten Hausaufgaben beginnen. Wer gut mit ihr auskommen wollte, musste sich an ihre Regeln halten. Das galt natürlich auch für ihren Ehemann. Den hatte sie für drei Wochen auf Kur geschickt, weil er ihr krank vorkam. Er hatte nicht nennenswert protestiert. Oma Agnes glaubte, dass sie in der Villa dringend gebraucht wurde, und hatte es sich in den Kopf gesetzt, die Grevenbroichs drei Wochen lang zu ausreichend Schlaf, gesundem Essen und besseren Manieren zu nötigen. »Bitte verabschiede dich jetzt von deinen Freundinnen, wasch dir die Hände und komm umgehend zu Tisch!«, drängte sie ihre Stiefenkelin.

»Wir sind ja gleich fertig!« Marie schaffte es gerade so eben, nicht laut aufzustöhnen.
Oma Agnes nickte knapp. »Ich erwarte dich in fünf Minuten! Und lass bitte dein Telefon im Zimmer!«
»Ich weiß, ich weiß«, gab Marie mechanisch zurück. »Keine Handys am Tisch. Schon klar!«
»Ich sage nie wieder etwas gegen meine eigene Oma!«, meinte Bente, als Oma Agnes die Tür hinter sich geschlossen hatte. »Die Frau ist ja total heftig drauf!«
»Leider meint sie das mit den fünf Minuten ernst«, sagte Marie. »Ich wette, sie stoppt die Zeit. Wir sollten also schnell unseren Powerspruch erneuern und dann die Sitzung beenden.«
»Stimmt«, meinte Kim. »Unser Powerspruch ist ja quasi mitten im Download abgestürzt.«
Franzi lachte, aber Marie hielt bereits ihre Hand in die Luft.
»Macht schon!«
»Eins!«
»Zwei!«
»Drei!«
»Power!!!«
»War es das?«, fragte Bente.
»Ja, das war es«, gab Marie zurück.
Bente sah die drei !!! unschlüssig an. »Und wie geht es nun weiter?«
»Das besprechen wir am Telefon. Nach der Schule, okay?« Kim schnappte sich ihren Rucksack.
Marie geleitete ihre Gäste zur Tür. »Heute Abend gibt es übrigens eine neue Folge der *Vorstadtwache*!«

»Ihr Vater spielt den Kommissar Brockmeier«, erklärte Franzi Bente im Gehen.

»Die Folge heißt *Tod im Netz* und handelt von einem Hacker, der erschossen …« Marie stockte. Sie sah Bente entschuldigend an. »Vielleicht solltet ihr doch lieber die romantische Komödie angucken. Oder ein Buch lesen.«

»MARIE GREVENBROICH!«, ertönte die Stimme von Oma Agnes. »Es sind bereits SIEBEN Minuten vorbei. Die Buchweizengrütze wird kalt!«

Marie rollte mit den Augen und verabschiedete sich dann hastig von Bente und ihren Detektivkolleginnen.

»*Tod im Netz*«, murmelte Bente, als sie nebeneinander die lange Auffahrt entlangmarschierten. »Klingt wie ein böses Omen.«

»So schlimm wird es schon nicht kommen.« Kim wollte eigentlich gelassen klingen, aber es gelang ihr nicht so recht. »Du hast ja weder die Identitäten von Spionen gehackt noch Geheimnisse von irgendwelchen Mafiabossen entdeckt. Oder?«

»Nicht dass ich wüsste. Aber ich suche trotzdem besser ein gutes Versteck für meine Festplatten.« Bente klappte den Kragen ihrer Jacke hoch.

»Du meinst, es könnte jemand bei dir einbrechen?« Franzi sah sie besorgt an.

»Vielleicht war schon längst jemand bei mir zu Hause«, sagte Bente leise. »Wisst ihr noch, wie meine Oma mir den Schlüssel mit dem USB-Stick gebracht hat? Sie hat ihn auf dem Fußboden gefunden.«

»Vielleicht ist er dir einfach aus der Jacke gefallen.«

Bente schnaubte. »Oder jemand hat meine Jacke vorher durchwühlt. Jemand, der freien Zutritt zu unserem Haus hat, weil er meine Oma jederzeit besuchen darf!«

»Dein Cousin Lars!«, entfuhr es Franzi.

Bente machte ein finsteres Gesicht. »Wenn er wirklich dahintersteckt, wird er es bereuen! Das kann ich euch versprechen!«

Charlene im Flirtmodus

Das Klingeln des Weckers riss Kim unsanft aus dem Schlaf. Sie stöhnte und drückte ihren Kopf in das warme Kissen. Draußen war es noch dunkel. Eisiger Regen klatschte an ihre Fensterscheibe. Ein Wetter zum Fürchten – und das an einem Montag! Da konnte noch nicht einmal der Gedanke an heißen Kakao oder das nächste Rätsel im Adventskalender helfen.

»An solchen Tagen müsste es schulfrei geben«, murmelte Kim. Zu allem Unglück stand heute auch noch eine Doppelstunde Sport auf dem Plan. Franzi würde das gefallen, aber Kim konnte dankend darauf verzichten, hinter einem Basketball durch eine muffige Halle zu rennen. Die Jungs drehten dabei jedes Mal voll auf und verhielten sich wie eine Horde Affen. Da bekam man schnell mal einen Ball an den Kopf oder wurde unsanft angerempelt. Sie benahmen sich einfach grenzenlos kindisch.

Das erinnerte Kim sofort wieder daran, dass Sebastian aus dem Alter längst heraus war. Er würde niemandem einen Ball an den Kopf werfen und dabei blöde Sprüche reißen oder einem Mädchen absichtlich auf die Schuhe treten. Mit dem Gedanken an Sebastian schaffte es Kim immerhin, sich aus dem Bett zu quälen. Es half ja nichts. Wenn sie vor Ben und Lukas ins Bad wollte, musste sie sich beeilen.

Als sie mit der morgendlichen Katzenwäsche und dem Zähneputzen fertig war, kam sie am Zimmer der Zwillinge vorbei. Die Tür war geschlossen, aber sie konnte hören, dass ihre Brüder ein angespanntes Gespräch führten. Das kam häufiger vor, seit Ben beim Fußball von einem Talentscout entdeckt worden war und Lukas nicht. Anscheinend hatten sie auch heute wieder Streit. Kim konnte kaum etwas verstehen, aber einmal glaubte sie, »*Real Space Race*« verstanden zu haben.

Es ging offensichtlich dieses Mal nicht um das leidige Thema Fußball, sondern um das Handy-Game. Vielleicht hatte einer von ihnen den Download-Code verlegt, den sie auf der Messe geschenkt bekommen hatten. Oder sie waren sauer, dass sie das Spiel mit ihren Handys nicht spielen konnten. Kim blieb nicht stehen, um zu lauschen. Sie zog sich schnell an, packte ihre Schultasche und schleppte sich gähnend zum Frühstückstisch. Sie hatte ihren Kakao bereits ausgetrunken und ein ganzes Brot mit Pflaumen-Zimt-Marmelade gegessen, als ihre Brüder sich blicken ließen.

»Da sei ihr ja endlich!«, meinte ihr Vater. »Kakao?«

»Hmm«, machte Lukas. Ben nickte nur.

»Ihr Morgenmuffel!« Herr Jülich lachte und füllte die Becher seiner Söhne. »Sagt mal, habt ihr mein Handy gesehen?«

Lukas und Ben schauten auf. Dann schüttelten sie beide fast gleichzeitig den Kopf.

»Ist es immer noch nicht aufgetaucht?« Frau Jülich blickte hinter ihrer Tageszeitung hervor.

»Ruf es doch an«, meinte Kim. »Dann musst du nur dem Klingeln folgen.«

»Eine gute Idee!« Herr Jülich schnappte sich das Festnetztelefon und gab eine Nummer ein. Dann wartete er. Nichts passierte.

»Hoffentlich hast du es nicht in die Wäsche getan«, sagte Frau Jülich.
»Ich schaue lieber gleich nach!« Herr Jülich legte das Telefon beiseite.
Frau Jülich konzentrierte sich bereits wieder auf ihre Zeitung, doch Ben und Lukas sahen ihrem Vater nach. Kim fand, dass sie besorgt aussahen. Keiner der beiden hatte den Kakao angerührt und gegessen hatten sie auch noch nichts. Dabei benahmen sich die Jungs normalerweise beim Frühstück wie hungrige Tiger.
Das Frühstück der Jülichs verlief ungewohnt ruhig. Ben und Lukas protestierten noch nicht einmal, als ihre Mutter sie bat, den Tisch abzuräumen. Wortlos trugen sie die Teller in die Küche. Danach zogen sie ebenso wortlos ihre Winterjacken an. Irgendetwas stimmte nicht mit ihnen, das war Kim klar. Aber ihr fehlte die Zeit, weiter darüber nachzudenken. Wenn sie rechtzeitig in der Schule sein wollte, musste sie sich beeilen.

Der Schultag zog sich ewig lang hin. In Englisch drifteten Kims Gedanken abwechselnd zu ihrem Fall und zu Sebastian ab. Auf einem Blatt Löschpapier machte sie sich Notizen für ihr Detektivtagebuch:
- Feueralarm = Ablenkung?
- Bentes Laptop geklaut, sonst alle Wertsachen noch da
- Wertvolle (geheime?!?) Daten auf dem Laptop?
- Ist Bentes Cousin Lars der Täter? (Arbeitet ja bei *Level Q*! Und war am Tatort!!!)
- Streich von den H.A.S.I.s? Waren die alle im Hof? Habe

erst nur Helen gesehen. Die anderen erst wieder im Coffeeshop!
- Gibt es evtl. Zeugen, die man befragen könnte?
- Wem gehören die Fingerabdrücke auf der Handyhülle? (Also die, die nicht zu Bente gehören)
- Franzi und Marie überprüfen die Leute von *Level Q*. (Und ich bin nicht dabei!!! ☹)
- Ich kann Montage nicht ausstehen!

Franzi und Marie trafen sich nach der Schule beim *Ultraviolett*. Die *App Town* war auch am Montag gut besucht. Die Mädchen mussten wieder anstehen, um Eintrittskarten zu kaufen.

Dieses Mal gab Marie ihren Mantel bei der Garderobe ab und Franzi staunte nicht schlecht, als sie im hellen Licht der Deckenlampen das Outfit ihrer Freundin betrachtete. Marie konnte locker als Sechzehnjährige durchgehen, vielleicht sogar als noch älter. Was Franzi allerdings weniger begeisterte, war der Spruch auf Maries T-Shirt: *Planlos, aber total süß!*

»Das ist doch irgendwie daneben«, sagte sie. »So, als wärst du total doof.«

»Das gehört zu meiner Rolle«, erklärte Marie. »Ich bin schließlich nicht als die Detektivin Marie Grevenbroich hier, sondern undercover!« Sie machte einen albernen Knicks. »Gestatten, ich bin die Charlene. Ich bin 17 Jahre alt und habe echt keine Ahnung von Technik.«

»Hör auf!« Franzi prustete los. »Das ist ja nicht auszuhalten! Du spielst die Rolle einfach erschreckend echt! Wie in einem Blondinenwitz.«

»Na super!« Marie strahlte. »Dann nichts wie los!«
Die Mädchen trennten sich kurz vor dem Stand von *Level Q*. Franzi wollte sich unauffällig umsehen, während Marie die Mitarbeiter ansprechen sollte. *Level Q* wurde auch heute wieder belagert. Die drei mussten sich regelrecht zum Stand durchkämpfen. Ein junger Mann mit rötlichen Haaren verteilte gerade Werbegeschenke aus einem Korb. Er konnte sich bei dem Ansturm kaum auf den Beinen halten. Die restlichen Besucher gruppierten sich um die Tablets, an denen man die Spiele testen konnte. Besonders *Real Space Race* sorgte für große Begeisterung.
Etwas ruhiger war es am Tresen. Dort stand ein zweiter junger Mann. Marie schätzte ihn auf achtzehn Jahre. Er trug eine Brille und ein *Level-Q*-Shirt. Auf seinem Namensschild stand *Cederic – Praktikant*. Als er Marie zwischen all den Jungs entdeckte, lächelte er, als würde er gerade einen Hauptpreis gewinnen. Marie strahlte ihn an und setzte sich auf einen freien Hocker ihm gegenüber. Gekonnt schaltete sie auf den ultimativen Flirtmodus. »Hi, Cederic!«
»Hi, Unbekannte!«, sagte der junge Mann.
»Ich heiße Charlene«, log Marie, während sie ihr Handy zückte. »Meinst du, dieses *Space Race* funktioniert auch auf meinem Handy? Ich kenn mich da leider gar nicht aus!«
Der junge Mann warf einen flüchtigen Blick auf das Gerät und lächelte wieder. »Klar. Mit dem Teil kannst du alle unsere Games spielen. Warte!« Er griff unter den Tresen und zog ein Kärtchen hervor. »Das ist der Download-Code für die kostenlose Demoversion von *RSR*.«
»*RSR?*«, fragte Marie verwirrt.

»*Real Space Race!*«, erklärte der junge Mann geduldig. »Kennst du dich mit dem Game aus, Charlene?«
»Nee, ich habe keinen blassen Schimmer«, gab Marie zu. »Weißt du, ich arbeite als Babysitter. Und die Jungs, auf die ich nächstes Wochenende aufpasse, die sind totale Fans von *RSP* … äh … *RSR*. Ich habe ihnen versprochen, gemeinsam eine Tour zu machen. Raumschiffe suchen und so.«
»Finde ich toll!«
»Dass ich mich nicht auskenne?«, fragte Marie erstaunt.
»Nein!« Er lachte. »Dass du dir so viel Mühe mit den Kids gibst. Wenn du ein paar Minuten Zeit hast, zeige ich dir die Grundlagen.« Er legte ein Tablet auf den Tresen und tippte mehrfach auf den Touchscreen.
»Das würdest du echt tun? Super! Ist ja voll lieb von dir!« Marie setzte ihr dankbarstes Lächeln auf.
»Dafür bin ich doch hier.« Cederic lächelte zurück.
Der junge Mann, der die Werbegeschenke verteilt hatte, drängte sich an Cederic vorbei und griff unter den Tresen. »Die Free-Upgrade-Karten sind alle!«
»Gib ihnen die Fruchtgummis!«, sagte Cederic.
»Auch alle!«
»Mensch, Pascal, dann hau eben die Buttons raus! Ich habe hier zu tun!«
Der junge Mann namens Pascal blickte auf. Dann grinste er. »Das sehe ich!«
»Hi!« Marie winkte ihm zu, lächelte und entblößte dabei ihre perfekten weißen Zähne.
»Button gefällig?« Er riss die Verpackung auf und fischte einen Anstecker mit dem Logo von *Real Space Race* heraus.

»Gern!« Marie nahm den Button vorsichtig entgegen. Sie wollte auf keinen Fall die Fingerabdrücke von Pascal verwischen.
Cederic gab seinem Kollegen einen Knuff. »Du störst, Alter!«
»Was ist denn das Problem?«, fragte Pascal und sah Marie an.
Marie strich sich eine lange blonde Haarsträhne aus der Stirn. »Ich brauche einen Schnellkurs! Dringend!«
Cederic und Pascal gaben sich die größte Mühe, Marie das Spiel zu erklären. Als sie fertig waren, wusste Marie nicht nur, wie man in der Stadt nach Raumschiffen suchen konnte, sondern auch, dass Cederic und Pascal seit zwei Monaten ein Praktikum bei *Level Q* machten. Sie hatte außerdem erfahren, dass Cederic gerade für ein neues Snowboard sparte und Pascal sich von seiner Freundin getrennt hatte. Und dass *Level Q* angeblich »ein total krasser Verein« war. Allerdings – zumindest laut Pascal – mit einem »verrückten Chef, der alle ständig zur Sau macht«.
Als Cederic auch etwas zu dem Thema beisteuern wollte, trat Bentes Cousin Lars zu ihnen. Marie hatte ihn zwar vorher noch nie gesehen, aber er trug ein gut lesbares Namensschild: *Lars – Auszubildender*. Lars war ungefähr zwanzig Jahre alt, groß und dunkelhaarig und sah ziemlich gut aus. Allerdings war er nicht in der Stimmung für einen Flirt. Er nickte Marie nur knapp zu und suchte dann etwas unter dem Tresen. Anschließend verschwand er mit einer Mappe wieder in der Kabine hinter dem Stand.
»Mr Wichtig«, sagte Cederic zu Pascal.

»Wer war denn das?«, fragte Marie. Sie ärgerte sich, dass ihr kein Vorwand eingefallen war, um Lars' Fingerabdrücke einzusammeln. Sie hätte ihn irgendwie in ein Gespräch verwickeln müssen.
»Unser Azubi.« Pascal winkte ab. »Der kommt sich unglaublich toll vor, weil er so dicke mit dem Chef ist.«
Cederic sah beleidigt aus. »Und uns lassen die Kaffee kochen und den Müll wegräumen.«
»Dabei kennt ihr euch doch so super mit den Games aus!«, rief Marie ungläubig. »Ich hätte das allein niemals verstanden, echt nicht!«
Sie wollte die beiden Praktikanten noch weiter ausfragen, aber der Andrang nahm nun auch am Tresen zu. Immer wieder kamen Anfragen. Schließlich konnten Cederic und Pascal sich nicht länger nur um Marie kümmern. Bedauernd verabschiedeten sie sich vor ihr. Cederic schrieb allerdings schnell noch seine Handynummer auf die Karte mit dem Download-Code. »Falls du noch Fragen hast!« Er zwinkerte Marie zu.
»Super! Ihr seid echt spitze!« Marie winkte beiden Praktikanten noch einmal zu.
Als sie sichergehen konnte, dass die Leute von *Level Q* sie nicht mehr sehen konnten, holte sie einen kleinen Plastikbeutel aus der Tasche. Darin verstaute sie die Karte und den Button. Von zwei Mitarbeitern hatte sie die Fingerabdrücke. Fehlte leider noch Lars – und ausgerechnet der war der Hauptverdächtige!
»Schade«, meinte auch Franzi, als sie sich zu Marie gesellte. »Dafür habe ich interessante Neuigkeiten!«

Wissen ist Macht!

Kim klingelte an der Tür eines Mehrfamilienhauses. Es summte und die Tür ging auf. Wie gern würde Kim jetzt mit den Ermittlungen fortfahren, aber versprochen war versprochen. Sie stieg hinauf in den zweiten Stock. Dort stand bereits eine Wohnungstür offen.

»Klasse, dass du mir helfen willst!«, wurde sie von David begrüßt. »Ich bin kurz davor, meinen Computer aus dem Fenster zu werfen.«

»Schon okay«, sagte Kim. »Wäre ja blöd, wenn die ganze Reportage weg wäre und am Ende noch jemand den Computer auf den Kopf bekommt.«

»Das wäre dann wohl ein echtes Problem.« David half ihr aus der Jacke, wobei er sich nicht gerade geschickt anstellte. Er begann, verzweifelt an ihrem Ärmel zu zerren.

»Äh, ich mache das schon!«, rief Kim, bevor David noch ihre beste Winterjacke zerlegte.

»Klar.« David lief rot an. »Und … es ist eigentlich keine Reportage.«

»Nicht?« Kim sah ihn überrascht an. »Aber du meintest doch, dass deine Reportage für unser nächstes Workshop-Treffen nicht mehr lesbar wäre.«

»Das Dokument ist tatsächlich ein sinnloser Zeichensalat«, gab David zu, während er Kim zu seinem Zimmer führte. »Aber es handelt sich genau genommen nicht um eine journalistische Arbeit.«

»Sondern?«, hakte Kim nach.

»Um mein Buch«, erklärte David. Jetzt war er erst recht rot geworden. »Du bist nämlich nicht die Einzige im Kurs, die gern Geschichten schreibt.«
»Oh«, machte Kim überrascht. »Was schreibst du denn so? Krimis oder eher Thriller oder Fantasy?«
David musste eigentlich keine Antwort mehr geben. Ein Blick in sein Zimmer verriet alles über sein Hobby. An den Wänden hingen Poster von seltsamen Tieren, Planeten und Kreaturen mit Laserschwertern. Auf der Kommode standen kleine Nachbildungen von Raumschiffen und die Bettwäsche zierte ein grüner Zwerg mit großen Ohren.
»Na, welche Filme du magst, ist schon mal klar!«, meinte Kim.
»Ich finde die Geschichten ernsthaft gut«, gab David zu. »Wenn ich schreibe, dann in erster Linie Fanfiction. Also, ich verfasse neue Geschichten rund um die Helden der Saga.« Es war ihm offensichtlich unangenehm. »Aber ich mache auch ganz eigene Sachen.«
Kim lächelte. »Fanfiction darf man zwar nicht als Buch veröffentlichen, aber es soll angeblich eine super Schreibübung sein! Ich habe auch schon Kurzgeschichten über Miss Marple und andere bekannte Detektive geschrieben.«
»Echt?«
»Echt.« Kim deutete auf den Computer. »Kannst du die Kiste hochfahren? Ich möchte gleich mal ein paar Dinge überprüfen. Vielleicht kann ich dein Problem mit ein paar Klicks lösen.«
»Das wäre super!« David schaltete den Computer ein. »Diese Maschine und ich stehen nämlich total auf Kriegsfuß.«

Kim sah ihn nachdenklich an. »Du kennst dich wirklich gar nicht mit Computern aus?«

David sah etwas beleidigt aus. »Du bist jetzt nicht ernsthaft erstaunt, dass es Nerds gibt, die sich nicht mit Computern auskennen? Muss jeder Typ, der sich für Raumschiffe interessiert, auch gleich IT-Profi sein? Es hat ja auch nicht jeder, der auf Fantasy-Welten steht, Panik vor der Realität. Ich mag Fantasy und Sci-Fi, aber ich schreibe auch gern Reportagen. Und mit Computern habe ich einfach nichts am Hut.«

Nun wurde Kim rot. »So habe ich das auch nicht gemeint.«

»Doch, hast du.« David grinste breit. »Ist aber nicht schlimm. Ich bin eben so vielseitig wie meine Bücher.« Er machte eine ausladende Bewegung, bei der er den Bücherstapel auf seinem Schreibtisch erwischte und zu Fall brachte.

»An deiner Feinmotorik musst du noch arbeiten.« Kim lachte. Dann blickte sie auf den Bildschirm. »Kannst du mir jetzt die beschädigte Datei zeigen?«

David griff nach der Maus und klickte auf einen Ordner. Dann rief er ein Dokument namens *Galaxy Girl* auf. Tatsächlich bestand der ganze Text nur noch aus Sonderzeichen. Kim war sofort in ihrem Element. »Das bekomme ich wieder hin.« Sie machte eine kurze Pause. »Wenn ich es anschließend lesen darf.«

David starrte sie entsetzt an. »Das ist noch nicht fertig!«

»Ich kann warten«, meinte Kim. Dann begann sie mit der Arbeit. Es dauerte keine zehn Minuten, bis ein vollkommen lesbarer Text erschien. »Bitte schön«, sagte Kim, nicht ohne Stolz. »220 Seiten mit ganz normalen Buchstaben.«

»Mensch, klasse! Danke!« David war erleichtert. »Jetzt hast du echt was gut bei mir!«
»Mir reicht es vollkommen, wenn du in Zukunft nicht mehr meine Sachen umschmeißt oder meine … also … die Haikus von irgendwelchen Autoren kritisierst.« Kim biss sich auf die Lippe. Fast hätte sie sich verraten. David sollte auf keinen Fall erfahren, dass das Gedicht aus ihrer eigenen Feder stammte. Allerdings sprach sein breites Grinsen beim nächsten Satz Bände: »Ich verspreche, ab heute nichts Schlechtes mehr über die Haikus von irgendwelchen Autoren zu sagen.«
»Dann ist ja gut.« Kim stand auf. Sie wollte schon zur Tür gehen, als ihr doch noch etwas einfiel. »Ich weiß, dass du kein Computer-Nerd bist, aber kennst du zufällig das Spiel *Real Space Race*?«
»Klar.« David hielt sein Handy hoch. »Ist ganz gut gemacht. Ich war letzte Woche auch schon mal auf Raumschiffsuche. Ein paar Kumpels von mir standen voll darauf.«
»Standen?«, fragte Kim verdutzt. »Mögen sie das Spiel jetzt nicht mehr?«
»Leo und Niko sind unterwegs abgezockt worden. Das kann einem schon mal den Spaß verderben.«
»Ausgeraubt?«
»Jep.« David öffnete die Zimmertür. »Die haben ein Raumschiff bis zu irgendwelchen einsamen Lagerhallen verfolgt. Es war schon dunkel und die beiden hatten das Pech, auf eine Bande zu treffen. Sie wurden überfallen und mussten ihre Smartphones und ihr Geld abgeben.«
»Weiß die Polizei davon?«

»Kann sein«, meinte David. »Leo und Niko ist die Sache voll peinlich. Zu Hause gab es dann wohl auch ziemlich Ärger. Im Dunkeln an solchen Orten herumzugeistern ist auch echt nicht die hellste Idee, oder?«

»Wahrscheinlich nicht«, stimmte Kim zu.

»Wenn du mal bei Tageslicht eine Runde spielen willst, melde dich gern. Dann können wir in der Stadt ein paar Spacefighter oder Starcruiser jagen.«

Kim zögerte. »Vielleicht komme ich darauf zurück. Ich muss jetzt los.« Sie verabschiedete sich von David.

Die Zeit mit ihm war zwar nicht so nervig gewesen wie erwartet, aber Kim wollte endlich weiter an ihrem Fall arbeiten. Und natürlich auch etwas von Sebastian träumen! Und über *Real Space Race* nachdenken … Das Klingeln ihres Handys riss Kim aus ihren Gedanken. Ein Blick aufs Display verriet, dass es sich um Bente handelte. Kim nahm das Gespräch an. »Hi, alles klar bei dir?«

»Kim?« Bentes Stimme zitterte hörbar.

»Ja, ich bin es. Was ist passiert?«

»Ich war heute in dem Kurs für fortgeschrittenes Programmieren. Eigentlich sinnlos ohne Laptop, aber Miray hat mich auf ihrem PC arbeiten … ach, egal …« Sie brach ab. »Ich habe … also … Es gab eine kurze Pause. Nur fünf Minuten. Und als ich von der Toilette zurückkam, lag ein Zettel auf meinem Platz. Mit einer Botschaft.«

»Was stand drauf?«, fragte Kim aufgeregt.

»Warte, ich lese dir den Text vor.« Bente atmete hörbar aus, dann begann sie: »*Wissen ist Macht*! Wissen ist auch Gefahr! Mach die Augen zu! Jetzt! Sonst für alle Ewigkeit!«

Detektivtagebuch von Kim Jülich
Montag, 20:10 Uhr
Unser Fall spitzt sich zu! In was für eine Sache ist Bente da nur verwickelt?!? Sie hat heute einen Drohbrief bekommen. Zum Glück hat sie ihn nicht weggeworfen. Wir werden ihn auf Fingerabdrücke untersuchen. Möglicherweise können wir auch über die Schrift Hinweise auf den Täter finden. Morgen treffen wir Bente gleich nach der Schule im Café Lomo. *Sie klang total ängstlich und verunsichert. Ich hoffe, sie kann heute Nacht überhaupt schlafen!*
Franzi und Marie waren heute auf der AppTown *unterwegs und haben die Leute von* Level Q *ausspioniert. Marie konnte dabei sogar ein paar Fingerabdrücke sicherstellen. Sie hat mir vor dem Abendbrot noch schnell eine Karte und einen Button reingereicht. Eben habe ich die Analyse gemacht: Die Fingerabdrücke passen nicht zu denen auf der Handyhülle. Schade. Immerhin haben wir jetzt zwei Kontakte in der Firma. Vielleicht können wir über die Praktikanten mehr erfahren. Trotzdem ist es jetzt besonders wichtig, dass wir an die Fingerabdrücke von Lars kommen! Während Marie beim Stand war, hat Franzi auf der Messe eine der H.A.S.I.-Tanten getroffen: Helen. Die Fieseste von allen! Franzi hat sie trotzdem in ein Gespräch verwickelt und dabei herausgefunden, dass Helen den ganzen Feueralarm mit dem Handy gefilmt hat. Sie hat das Filmmaterial noch mit dramatischer Musik unterlegt und gestern Abend im Internet hochgeladen. Franzi hat sich das zu Hause sofort im Internet angeschaut. Ich hatte dazu leider noch keine Zeit, aber vielleicht schaffe ich das gleich noch. Ich muss nur erst die Tagebucheinträge fertig schreiben. Und dann hoffe ich mal,*

dass Mama nicht im Fünf-Minuten-Takt in mein Zimmer kommt und mir Vorträge darüber hält, wie wichtig Schlaf für Schüler ist.
Beim Abendessen habe ich noch ein besonders wachsames Auge auf meine Brüder geworfen. Es ist tatsächlich etwas im Busch. Als sie im Bad waren, habe ich sie belauscht. Am Sonntagnachmittag muss etwas passiert sein. Ich habe leider nicht alles verstanden, aber es ging wieder um Real Space Race. *Und dann hat Ben gesagt: »Ich bin eigentlich voll mutig, aber da habe ich echt Panik bekommen.« Lukas hat das bestätigt. Außerdem sagte er noch etwas wie: »Wir stecken jetzt echt in der Klemme. Wenn er es bemerkt, sind wir geliefert!« Danach haben sie das Wasser laufen lassen und ich konnte nicht verstehen, um was es sich bei dem »es« handelt.*
Fest steht: Meine Brüder haben ein Problem! Dieses Problem hat ausgerechnet mit Real Space Race *zu tun. Alles scheint vernetzt zu sein:* Real Space Race *ist ein Produkt von* Level Q. *Bente hat etwas über* Level Q *herausgefunden. Lars arbeitet bei* Level Q. *Sehr seltsam. Hängt das vielleicht wirklich alles zusammen? Sind Ben und Lukas etwa auch einer Sache auf die Spur gekommen? Oder stimmt etwas mit dem Spiel nicht? Ich muss unbedingt mit meinen Brüdern sprechen. Heute geht das nicht mehr. Aber morgen hat Ben wieder Fußballtraining. Dann kann ich Lukas abfangen und zur Rede stellen. Wenn er allein ist, kann er richtig nett sein. Ich hoffe mal, dass er auspackt und mir alles erzählt. Wer weiß, vielleicht bringt uns das sogar in unserem Fall mit dem gestohlenen Laptop weiter!*

Geheimes Tagebuch von Kim Jülich
Montag, 20:40 Uhr

Sagt dir Datenschutz etwas? Nein? Das hier sind MEINE Daten! Die sind privat und nur für mich bestimmt! Also Hände weg! Wenn du das hier lesen kannst, hast du anscheinend sogar den Passwort-Schutz überwunden. Dann ist das echt kriminell. Allerdings werde ich davon erfahren und mich rächen. Wie? Das werde ich doch nicht verraten!

Sebastian! Wusstest du, dass dein Name so viel wie »Der Ehrwürdige« bedeutet? Ich habe das heute im Internet nachgelesen. Wenn da doch nur mehr über dich stehen würde! Mit Fotos! Es gibt viel zu wenig Bilder von dir im Netz! Und bald ist auch noch der Workshop zu Ende! Nur noch ein einziger Termin vor Weihnachten. Der Aufbaukurs ist dann erst im März. Im März!!!! MÄRZ! Argh!!! Warum nicht schon im Januar?!? Bitte gleich nach Silvester! Aber nein, es muss ja eine halbe Ewigkeit später sein. Wie soll das nur werden? Ich halte es ja so schon kaum aus! Es reicht mir nicht einmal mehr, deine Manuskripte und Reportagen zu lesen oder Fotos von dir anzuschauen. Meine Gefühle werden jeden Tag stärker. Ich muss praktisch immer an dich denken. Ich frage mich, was für ein Buch du gerade liest und ob du die neue Folge der Vorstadtwache *gesehen hast. Ich will am liebsten alles über dich wissen! Was wünschst du dir zu Weihnachten? Was für ein Duschgel benutzt du? Glaubst du an Magie? Hast du Geschwister? Feierst du deinen Geburtstag? Wie heißt dein bester Freund? Hast du ein Haustier? Wie war dein erster Kuss … nein! Halt! Das mit dem Kuss will ich nicht wissen. Ich würde vor Eifersucht vergehen. Eifersucht ist so ein furchtbares Gefühl. Marie ist wohl auch noch immer eifersüch-*

tig wegen Holger und Selma. Ich hoffe so sehr, dass sie ihre Beziehung in den Griff bekommen. Ich glaube, Holger liebt Marie wirklich. Aber glauben heißt nicht wissen. Mensch, ist das alles kompliziert! Kann nicht mal jemand eine App programmieren, die einem alles erklärt und einen alles wissen lässt? So eine universelle Love-Checker-App!

Kakao digital

Als die drei !!! ins *Café Lomo* kamen, war Bente noch nicht da. Die Detektivinnen suchten sich eine ruhige Ecke und bestellten schon mal ihr Lieblingsgetränk: *Kakao Spezial.*
»Bente muss irgendeiner brandheißen Sache auf der Spur gewesen sein!«, sagte Kim, nachdem die Bedienung gegangen war.
Franzi sah nachdenklich aus. »Sie sollte zur Polizei gehen. Diebstahl ist eine Sache, aber der Drohbrief macht mir echt Sorgen. Wir können schließlich nicht einschätzen, wie weit diese Leute gehen.«
»Wir reden mit Bente«, schlug Kim vor. »Wenn sie möchte, können wir mit ihr zu Kommissar Peters gehen.«
Kims Handy piepte. »Eine SMS von Bente! Hoffentlich ist alles okay!«
Marie und Franzi beugten sich vor. »Und?«, fragte Marie.
»Alles in Ordnung«, sagte Kim erleichtert. »Ihre Oma hat sie aufgehalten. Aber jetzt ist sie auf dem Weg.«
»Gut!« Franzi lehnte sich zurück und zog ihr eigenes Handy aus der Tasche. »Dann kann ich ja Blake noch schnell schreiben.«
»Alles klar bei euch?«, fragte Marie.
»Und ob!« Franzi grinste. »Für mich verzichtet er am Wochenende sogar darauf, hinter Raumschiffen herzujagen. Stattdessen hilft er mir dabei, dutzende von Lichterketten im Gewächshaus anzubringen – für eine Weihnachtsfeier.«
»Das wird bestimmt super aussehen!«, meinte Marie.

»Das Gewächshaus ist aber auch wirklich eine tolle Location für Feiern!«, sagte Kim.
Franzi nickte. »Mama hat ihren Traum verwirklicht. Allerdings macht so ein Café auch viel Arbeit. Mama kann meinetwegen von morgens bis abends backen, wenn es ihr Freude macht. Aber ich muss an den Wochenenden eh schon mein Pony Tinka, unseren Detektivclub und Blake unter einen Hut bringen. Das ist ganz schön kompliziert. Ich ...« Sie hielt mitten im Satz inne und reckte sich. »Da kommt Bente!« Sie winkte ihr zu. »Hey, Bente!«
Bente raffte ihren langen Rock, umrundete zwei Tische und überholte die Kellnerin, die gerade den *Kakao Spezial* auf einem Tablett brachte. Bente war wie immer sehr blass. Heute hatte sie zusätzlich dunkle Ringe unter den Augen und wirkte trotz ihrer Größe zerbrechlich. »Ich habe richtig schlecht geschlafen«, sagte sie, nachdem die Mädchen ihren Kakao erhalten hatten.
»Kein Wunder«, sagte Marie mitfühlend. »Nach so einer Drohung!«
»Hast du den Brief dabei?«, fragte Kim.
»Ja, klar.« Bente öffnete ihre Tasche und zog eine Klarsichthülle heraus. »Vielleicht kann man noch Fingerabdrücke sicherstellen.«
»Super!« Kim nahm die Hülle entgegen.
»Ich habe noch etwas für euch.« Bente griff erneut in ihre Tasche. Dieses Mal beförderte sie einen durchsichtigen Plastikbeutel zutage. Die Mädchen konnten einen schlichten weißen Bilderrahmen mit einem Foto erkennen. »Meine Oma wünscht sich zu jedem Geburtstag Bilder von ihren

Kindern und Enkeln«, erklärte Bente. »Das hier hat Lars ihr geschenkt. Da Oma das Ding gleich an die Wand gehängt hat, dürften da nur die Fingerabdrücke von ihr und Lars drauf sein. Ich habe extra Gummihandschuhe angezogen, als ich den Rahmen eingepackt habe.«

»Toll! Richtig wie bei der Spurensicherung!« Kim war begeistert. »Zu Hause kann ich die Fingerabdrücke mit denen auf der Handyhülle vergleichen. Und mit etwas Glück gibt es auch Abdrücke auf dem Drohbrief.«

»*Wissen ist Macht!*«, las Marie vor. Sie hatte die Klarsichthülle mit dem Brief zu sich herangezogen. Der Verfasser hatte sich viel Mühe gegeben. Die Sätze bestanden aus Worten und Buchstaben, die aus Zeitungen oder Magazinen ausgeschnitten und auf das Blatt geklebt worden waren.

Bente deutete mit dem Finger auf das Wort *Macht.* »Ich habe Ausschnitte aus der aktuellen *Files & Chips* wiedererkannt.«

»Das ist ein Computermagazin«, erklärte Kim ihren Freundinnen.

»Lars liest eigentlich fast alles online, aber bei *Level Q* liegen die Zeitschriften garantiert herum«, sagte Bente. »Woher der Rest stammt, kann ich leider nicht sagen.«

»Da kann ich vielleicht weiterhelfen.« Marie zückte ihr Handy. »Darf ich den Brief abfotografieren?«

»Klar!« Bente nickte.

»Ich werde meinen Verdacht noch heute überprüfen.«

»Es sieht tatsächlich so aus, als würden dein Cousin Lars und *Level Q* immer verdächtiger!«, sagte Franzi. Sie wollte endlich von dem Video erzählen. »Die H.A.S.I.s haben nämlich alle ein Alibi! Ich habe mir gestern das gesamte Video von Helen angetan. Feueralarm live. Mit hunderttausend Bildunterschriften in blinkendem Rosa! Dabei sieht man ihre Freundinnen ständig hinten im Bild. Ich habe extra darauf geachtet. Sie waren die ganze Zeit mit auf dem Hof. Und im Café haben wir sie dann ja selbst gesehen. Sie haben dieses komische Soylatte-Dingsbums-Zeug getrunken und gekichert, als würden sie dafür einen Preis bekommen.«

»Die H.A.S.I.s waren es also nicht.« Kim nickte nachdenklich. »Sie hätten zwar aus dem Vortrag heraus den Feueralarm auslösen können …«

»… mit einem gezielten Hack auf das System der FH«, ergänzte Bente.

»Aber den Laptop können sie nicht übers Netz geklaut haben«, führte Kim ihre Gedanken fort. »Der Täter ist direkt in den Saal gegangen. Und genau dafür haben die H.A.S.I.s ein Alibi.«

»Es geht also nicht um Mobbing, sondern um geheime Daten! Wie wäre es, wenn du uns mal reinen Wein einschenkst?«, forderte Franzi. »Also nur sprichwörtlich, meine ich. Ich trinke lieber Kakao.«

»Was hast du über *Level Q* herausgefunden?«, wollte jetzt auch Marie wissen.

»Das habe ich Kim doch schon erklärt. Es geht um *Real Space Race*«, sagte Bente. »Ein paar Hacker hatten den Verdacht, dass das Programm ungefragt auf die Daten der Handybesitzer zugreifen kann.«

»Und?«

»Ich habe tatsächlich eine kleine Lücke gefunden.«

»Und das hast du *Level Q* geschrieben?«
»Das habe ich«, bestätigte Bente. »Und andere IT-Freaks vermutlich auch.«
»Klingt jetzt nicht sonderlich dramatisch«, sagte Marie.
»Ist es eigentlich auch nicht«, stimmte Bente ihr zu.
Kim nippte nachdenklich an ihrem Kakao. »Es sei denn, es gibt ein Geheimnis um *Real Space Race*. Etwas, was niemand herausfinden soll.«
»Was soll das denn sein?«, hakte Franzi nach.
»Etwas Kriminelles!« Kim holte tief Luft. »Meine Brüder stecken da in irgendeiner Sache drin.« Sie berichtete, was sie von Ben und Lukas gehört hatte. Außerdem erzählte sie auch von Davids Freunden, die beim Spielen überfallen worden waren. Dann sah sie in die Runde. »Wir hatten schon Fälle, bei denen Handys kriminelle Hardware hatten. Warum sollte es in diesem Fall nicht um kriminelle Software gehen?«
»Klingt plausibel«, meinte Bente.
»Ich habe mich im Internet schlaugemacht.« Kim schob die Kakaotasse zur Seite und klappte ihren Laptop auf. »*Real Space Race* ist ein absoluter Topseller. Die Kritiken zu dem Game sind super. Allerdings gab es auch schon ein paar Unfälle. Die Spieler haben Raumschiffe verfolgt und dabei nicht auf den Verkehr geachtet. Zum Glück ist niemand schwer verletzt worden.«
Franzi blickte auf den Bildschirm, wo Kim ihre Rechercheergebnisse sortiert hatte. »Und wir wissen auch, dass Davids Freunde bei einer Spielrunde bestohlen wurden. Das kann ein Zufall sein oder eben nicht.«
»Du hast hier doch WLAN.« Nun beugte sich auch Bente

vor. »Gib in der Suchmaschine mal *Real Space Race* und *Überfall* ein.«
Kim merkte, dass ihr Gesicht heiß wurde. Bei der letzten Suche im Internet hatte sie einige Tabs nicht geschlossen.
»Sebastian Husmeier Buchforum«, las Franzi laut vor. »Sebastian Husmeier Schule und Sebastian Husmeier …«
»Ist ja schon gut«, schnitt ihr Kim das Wort ab. »Ich wollte eben etwas mehr über ihn herausfinden. Aber das geht euch nichts an.«
»Wer ist Sebastian Husmeier?«, wunderte sich Bente. »Hat der mit dem Fall zu tun?«
»Nein!«, sagte Kim eine Spur zu scharf.
»Ein Star?«
»Nein!«
»Kim findet ihn gut«, rutschte es Franzi heraus. Sie erntete einen vernichtenden Blick von Kim.
»Das ist meine Privatsache!« Kim klickte die Tabs weg. »Bitte keine Kommentare!«
»Halb so wild!« Marie winkte ab. »Mach dir nichts draus. Wir haben doch alle schon im Internet nach Jungs gesucht. Hast du denn was Interessantes gefunden?«
»Nein«, murmelte Kim. »Sein blödes Buchforum ist nur für Mitglieder lesbar und sonst findet man seine Artikel und die Pressefotos, die ich schon kenne. Können wir jetzt bitte wieder über den Fall sprechen?« Sie tippte mit flinken Fingern *Real Space Race* und *Überfall* im Eingabefeld der Suchmaschine ein.
Das Ergebnis waren mehrere Einträge über *Real Space Race*. Die Mädchen fanden jedoch keine Hinweise auf kriminelle

Machenschaften. Schließlich einigten sie sich darauf, getrennt Nachforschungen anzustellen. Kim wollte den Drohbrief und den Bilderrahmen untersuchen, Marie würde die Zeitungsauschnitte überprüfen und Franzi bei Kommissar Peters anrufen. Vielleicht waren der Polizei weitere Raubüberfälle gemeldet worden.

Bente bedankte sich bei den drei !!! und machte sich dann auch auf den Weg. Ihre Mutter hatte eine Freischicht und wollte mit ihr ins Kino gehen. Sie machte ein betrübtes Gesicht. »Ich glaube, ich kann mich jetzt gar nicht auf einen Film konzentrieren.«

»Versuch einfach, dich für ein paar Stunden abzulenken«, empfahl Marie.

»Wir lösen den Fall!«, sagte Kim. »Versprochen!«

Eine Stunde später passte Kim ihren Bruder Lukas in der Küche ab. Er wühlte gerade in der Schublade mit den Snacks. Ben war um diese Zeit beim Sondertraining. Seit er von einem Talentscout entdeckt worden war, hatte er deutlich weniger Freizeit.

»Es gibt nur Salzstangen«, murrte Lukas. »Mama hätte ruhig mal etwas Ungesundes kaufen können.«

»Mama findet Salzstangen ungesund.« Kim grinste schief. »Sei froh, dass es nicht diese Dinger mit Dinkel und Sesam sind.«

»Stimmt«, gab ihr Bruder zurück.

»Lukas?«

»Ja?«

»Was ist am Sonntag passiert?«

Lukas stutzte. Die Salzstange, in die er gerade beißen wollte, zerbrach in seiner rechten Hand. »Was soll denn passiert sein?«

»Ich sage nur: *Real Space Race*!«

Lukas starrte wortlos auf die Küchenfliesen hinab. Also startete Kim noch einen Versuch. »Habt ihr Papas Handy verloren?«

Lukas stöhnte. »Es war … also … wir … Ben meinte …«

»Raus mit der Sprache!«, sagte Kim streng.

»Wir haben es nur ausgeborgt!« Lukas sah seine Schwester panisch an. »Wirklich! Wir wollten es Papa abends wiedergeben. Aber die Gelegenheit war so gut! Auf der *AppTown* haben wir den Code für das Spiel bekommen und wir wollten das so gern mal testen!«

»Und da habt ihr mit Papas Kennwort die kostenlose App geladen und seid losgezogen.«

Lukas nickte. »Ja. Wir wollten echt nur eine kleine Runde machen. Aber es war so krass! Man sieht durch das Display alles wie in der echten Welt! So, als wären die Raumschiffe und die Tiere und die Planeten wirklich da. Durch die Innenstadt laufen voll die Space-Routen.«

»Und ihr seid dann mit dem Handy durch die Stadt gelaufen?«, fragte Kim.

»Zuerst ja«, gab Lukas zu. »Doch dann haben wir einen großen Sternenzerstörer verfolgt. Das Teil bringt 1.000 Punkte und eine Beförderung in den ersten galaktischen Rang! Wir konnten nicht einfach so aufgeben.«

»Klar. Aufgeben geht gar nicht«, meinte Kim mit ironischem Unterton.

»Wir sind an der Haltestelle bei der *AppTown* vorbei, dann in so eine Seitenstraße rein und bis zu einem Autohändler. Der hatte geschlossen.«

»War ja auch Sonntag«, meinte Kim.

»Stimmt.« Lukas seufzte. »Hinter einem Pick-up kam plötzlich ein Typ auf uns zu. Er hatte eine Skimütze auf!«

»Das muss echt schlimm gewesen sein!« Jetzt hatte Kim doch Mitleid mit den Zwillingen. So etwas wünschte man schließlich nicht mal seinen nervigen Brüdern.

»Der Typ hat uns nichts getan. Er meinte nur, dass seine Kumpels uns im Visier hätten. Wir mussten ihm Papas Smartphone geben und unser Geld. Zehn Euro!«

Kim wusste, dass das für ihre Brüder viel Geld war. Jetzt sah Lukas so aus, als würde er gleich weinen. Sie berührte ihn sanft am Arm. »Wir finden die Täter! Vielleicht sind wir ihnen sogar schon auf der Spur!«

»Echt?« Er blickte auf und sah sie dankbar an. »Wenn du Papas Handy zurückholst, bekommst du Weihnachten alles von meinem bunten Teller!«

Kim lachte. »Auch die Schneeflocken aus weißer Schokolade und die Tannenzapfen aus Nugat?«

»Ja, klar!« Lukas sprang auf. »Alles! Und Ben gibt dir seinen Teller garantiert auch!«

»Mir reicht eine Schneeflocke von jedem von euch.« Kim gab ihrem Bruder einen Knuff. »Und vielleicht ein Tannenzapfen.«

Unschöne Einsichten

Einen Tag später waren die drei !!! erneut mit Bente verabredet. Sie verzichtete sogar auf den Besuch einer Vorlesung im GCC und bot den Mädchen an, sich bei ihr zu treffen. Das war Kim, Franzi und Marie sogar ganz recht. Bei Marie zu Hause herrschte immer noch der Ausnahmezustand. Oma Agnes bekochte die Familie Grevenbroich mit Algen, Topinambur, Seitan und gelben Linsen. Außerdem hatte sie in der Villa das WLAN ausgeschaltet und darüber verfügt, dass innerhalb des Hauses alle Handys auf Flugmodus gestellt wurden. Als Begründung hatte sie einen Artikel aus einem Klatschmagazin ausgeschnitten und an den Kühlschrank geklebt. Darauf stand in dicken Lettern: »VERGIFTET VOM INTERNET!«

Bei Franzi ging es kaum ruhiger zu. Ihre Mutter hatte gleich drei Zusagen für Weihnachtsfeiern angenommen und rotierte zwischen Telefon, Backofen, Gewächshaus und Großmarkt. Dabei spannte sie jeden ein, der ihr in die Quere kam. Herr Winkler bekam mittlerweile schon schlechte Laune, wenn er nur die Wörter *Kuchen, Feier* oder *vorbereiten* hörte. Bei den Jülichs wurde zwar weder für eine Party gebacken noch mit Algen gekocht, dafür waren anscheinend alle auf den Suche nach dem verschollenen Smartphone. Ben und Lukas gaben sich alle Mühe, die Ahnungslosen zu spielen, und halfen ihrem Vater. Sie wühlten sich durch sämtliche Sofakissen, hoben Teppiche hoch, schauten in Schubladen und beteuerten immer wieder, dass sie keinen blassen Schimmer hatten, wo das Handy nur sein konnte. Kim wusste nicht, ob sie auf Dauer gute Miene zum bösen Spiel machen konnte. Früher oder später würden ihre Eltern merken, dass sie für die Zwillinge log. Da war es besser, das Treffen an einem neutralen Ort zu veranstalten.

Bente wohnte mit ihrer Mutter und ihrer Großmutter in einem geräumigen Reihenhaus. Als Kim klingelte, machte ihr Bentes Oma die Tür auf.
»Kim Jülich!«, rief sie erfreut. »Bente hat dich schon angekündigt!«
»Guten Tag, Frau Hamprecht!« Kim schüttelte der älteren Dame die Hand.
»Wie geht es deiner Mutti?« Hildegard Hamprecht strahlte Kim an. »Sie war eine meiner Lieblingskolleginnen!«
»Danke, gut! Ich soll Sie von meiner Mutter grüßen und Ihnen eine schöne Adventszeit wünschen. Mama wollte sich eigentlich längst mal bei Ihnen melden, aber in der Schule ist gerade so viel zu tun«, berichtete Kim, während sie in den Flur trat. »Mein Vater kümmert sich dafür jetzt mehr um den Haushalt und meine kleinen Brüder.«
»Macht dein Vati denn immer noch diese wunderschönen Kuckucksuhren?« Frau Hamprecht hängte Kims Jacke an eine kleine Garderobe. Daneben hingen mindestens zwanzig Familienfotos in allen möglichen Größen. Kim erkannte sofort ein Bild, das Bente als kleines Kind auf einer Schaukel zeigte.
»Ich habe zur Pensionierung von den Kollegen eine original Jülich-Kuckucksuhr bekommen«, schwärmte Frau Ham-

precht. »Und ich freue mich jedes Mal, wenn das kleine Kerlchen zur vollen Stunde aus dem Häuschen kommt und ruft.«
»Man könnte denken, man wäre im Wald«, sagte Bente. Sie kam die Treppe herunter. »Hi, Kim! Du bist die Erste! Franzi und Marie sind noch nicht da.«
»Franzi hat einen weiten Weg und Marie ist grundsätzlich nie pünktlich«, erklärte Kim.
»Wollt ihr euch ins Wohnzimmer setzen?«, fragte Frau Hamprecht. »Ich kann Tee aufsetzen.«
Bente schüttelte den Kopf. »Nein, ich muss Kim etwas an Mamas Computer zeigen.« Als sie den skeptischen Blick ihrer Großmutter bemerkte, fügte sie schnell hinzu: »Das ist okay. Ich habe Mama gestern gefragt.«
»Geht nur! Wenn ihr Kuchen wollt oder etwas zu trinken, meldet euch«, bot Frau Hamprecht an.
»Vielen Dank!«, sagte Kim höflich.
Dann folgte sie Bente die Treppen hinauf. Das Dachgeschoss des Reihenhauses war ausgebaut. Hier wohnte Bentes Mutter, wenn sie nicht gerade 24-Stunden-Schichten bei der Feuerwehr hatte. Es gab einen kleinen Schreibtisch, auf dem ein großer Monitor stand.
»Das Ding ist total veraltet«, sagte Bente. »Aber wenigstens darf ich den PC benutzen.« Sie holte einen zweiten Stuhl und stellte ihn an den Tisch. »Setz dich. Ich will dir etwas zeigen.«
»Ich habe auch Neuigkeiten«, berichtete Kim. »Aber ich würde gern warten, bis Franzi und Marie da sind.«
»Hier geht es nicht um den Fall.« Bente bewegte die Maus und der Bildschirm sprang an.

»Worum denn?«, fragte Kim erstaunt.
»Ich habe im Internet ein paar Dinge für dich herausgefunden.« Bente räusperte sich.
»Was für Dinge?«
»Bilder, Texte, Daten …« Bente grinste. »Für eine Hackerin war das keine Herausforderung, aber ich dachte, ich revanchiere mich dafür, dass du mir mit dem Laptop hilfst.« Sie öffnete mehrere Fenster. »Voilà, alles, was du schon immer über Sebastian Husmeier wissen wolltest. Von der Steuernummer über die Krankenversicherung bis zum Bausparvertrag und vom Urlaub in Dänemark über Konzerte bis hin zum Sommerfest der Redaktion.«
Kim stockte der Atem. Es war, als hätte sie einen elektrischen Schlag bekommen. Sie hatte mit vielem gerechnet, aber nicht damit: jede Menge Bilder von Sebastian! Sie schloss die Augen. Durfte sie überhaupt hinschauen? Das waren private Fotos von Sebastian. Bilder, die er definitiv nicht öffentlich im Internet zeigte. Und da waren vermutlich lauter Informationen, die sie nichts angingen! Kim hielt sich an der Tischplatte fest. Wie konnte Bente das tun, wo sie doch so auf Datenschutz bedacht war? Ausgerechnet Bente! Gut, sie wollte Kim eine Freude bereiten und sie hatte nicht vor, die Daten für kriminelle Zwecke einzusetzen. Aber konnte Kim dieses Angebot überhaupt annehmen? Sie presste weiterhin die Augen zu und hielt sich am Tisch fest.
»Alles klar?«, fragte Bente verwundert.
Kim hatte plötzlich das Gefühl, ein winziges Engelchen und ein ebenso winziges Teufelchen auf den Schultern zu haben. Wie in einem Comic. Das Engelchen schrie: »Schau weg!

Denk an den Datenschutz!«, und das Teufelchen brüllte: »SEBASTIAN! Fotos von SEBASTIAN!«
Kim biss sich auf die Unterlippe. Was sie brauchte, war ein Kompromiss! Sie würde auf keinen Fall die privaten Daten einsehen. Aber ein paar Urlaubsfotos wären doch nicht so schlimm.
»Sind nette Fotos dabei?« Kim öffnete vorsichtig die Augen.
»Das ist Geschmackssache«, sagte Bente. »Dein Sebastian ist regelmäßig im Social Network unterwegs – bei sämtlichen Anbietern für Fotos, Nachrichten und Videos.«
»Und da bist du reingekommen?«
»Ähm … ja.« Bente grinste verlegen. »Aber pst!«
»Auch in das Autorenforum?«
»Das habe ich auch geknackt. Sebastian mischt da aber kaum mit. Er hat nur ein paar Texte von anderen Autoren kommentiert.« Bente klickte auf ein Dokument. »Dafür habe ich seine Abschlussarbeit gefunden.«
»Was für eine Abschlussarbeit?« Kim wusste noch immer nicht, was sie über all diese Sachen denken sollte.
»Na, die von seinem Studium. Er hat an der Uni Hamburg Politikwissenschaft studiert. Und die Arbeit gab es auch im Netz.«
Kim las den Titel vor: »*Die Wechselwirkung von Medien und Machtinhabern in postdiktatorischen Staaten*. Klingt kompliziert.«
»Schau dir lieber die Bilder aus Dänemark an. Da sieht man Sebastian am Strand.« Unten im Haus erklang die Türklingel. Bente sprang auf. »Das werden Franzi und Marie sein. Schau dir alles in Ruhe an. Ich bin gleich wieder da.«

Kim schluckte. Bente hatte ein vierzehnseitiges PDF zu Sebastian Husmeier zusammengestellt. Wie das Engelchen auf der rechten Schulter verlangte, übersprang sie alles, was mit Bank, Krankenkasse und Versicherungen zu tun hatte. Dafür studierte sie die Screenshots, die Bente von seinen Beiträgen in verschiedenen Netzwerken gemacht hatte. Ihr Magen verkrampfte sich zunehmend. Nach zwei Minuten fühlte sich der Raum merkwürdig kalt an. Wie durch Watte hörte Kim, wie Bente gemeinsam mit Franzi und Marie die Treppe heraufkam. Sie konnte den Blick nicht vom Bildschirm lösen, obwohl der Anblick verstörend war.
Es waren nicht die einzelnen Informationen, die sie beunruhigten. Es war vielmehr so, dass das neue Wissen ihre Träume zerstörte. Alles, was sie sich in den letzten Wochen ausgedacht hatte, passte nicht mehr. Ihr Sebastian mochte keine Popmusik! Er zog über die »Monokultur der Musikbranche« her und hörte sich seltsame Bands an, die Kim nicht kannte. Er diskutierte ernsthaft mit anderen Leuten darüber, ob 17 Grad die ideale Temperatur für Rotwein sei und ob man einen Merlot (vermutlich auch ein Wein) unter fünf Euro überhaupt genießen könne. In Kims Tagträumen hatten sie bei Kakao und selbst gemachter Limonade zusammengesessen. Nicht bei Rotwein. Und dann waren da noch die Fotos. Sebastian hatte Freunde, die Anzüge trugen oder sogar verheiratet waren. Ein Kumpel von ihm hatte ein kleines Kind! Und einer hatte bereits eine Halbglatze! Das waren lauter Leute, die sich bei Feiern mit Kims Eltern unterhalten würden! Erwachsene, die endlos über Steuern, Kindererziehung oder Garagendächer redeten.

Aber das Allerschlimmste war das Bild am Strand. Es zeigte Sebastian in einer Badehose. Mit nacktem Oberkörper. Kim schluckte. Sebastian Husmeier hatte Brusthaare! Schwarze Brusthaare. Und noch dazu viele! So viele, dass man unglaublich viel Fantasie brauchte, um sie wegzudenken. Kim hörte Maries Stimme hinter sich, aber sie reagierte nicht. Sebastian hatte so jugendlich gewirkt. So nah. Und jetzt war er mit einem Schlag so unendlich weit weg. In einer fernen Galaxie, die von Erwachsenen bewohnt wurde. Das war total verwirrend!

»Kim!«, rief Marie direkt neben ihr. »Bist du taub?«

Unendlich langsam drehte Kim ihren Kopf. »Ich bin hier.«

»Das sehe ich.« Marie machte ein besorgtes Gesicht. »Geht es dir nicht gut?«

»Ich glaube, ich brauche einen Schluck Wasser.« Kim blinzelte die Tränen weg, die sich gerade in ihren Augen gebildet hatten.

»Mensch, Kim!« Franzi beugte sich über ihre Freundin. »Sollen wir dich nach Hause bringen?«

Kim zwang sich zu einem Lächeln. »Ich bin gerade etwas durcheinander. Aber es geht gleich wieder.«

Marie warf einen Blick auf den Bildschirm. Man konnte ihr deutlich ansehen, dass sie die Bilder von Sebastian kommentieren wollte, aber sie gab sich alle Mühe, nichts zu sagen. Fünf Minuten später hatte Kim ein halbes Glas Wasser getrunken und mehrfach tief ein- und ausgeatmet. Jetzt ging es ihr schon besser. Mit dem Gefühlschaos würde sie später fertigwerden. Jetzt war der Fall dran. »Wir haben den Täter!«, sagte sie mit fester Stimme.

»Was?« Franzi, Marie und Bente sahen Kim überrascht an.
»Die Fingerabdrücke vom Bilderrahmen stimmen mit denen von der Handyhülle überein. Lars war also im Vorlesungsraum!«
»Dann ist der Fall ja gelöst!«, freute sich Franzi.
»Nicht ganz«, warf Kim ein. »Wir haben Lars' Fingerabdrücke auf der Handyhülle, aber wir haben keinen eindeutigen Beweis dafür, dass er auch den Laptop genommen hat. Besonders nicht dafür, dass er den Diebstahl im Auftrag von *Level Q* begangen hat. Außerdem ist noch immer unklar, wie das alles mit *Real Space Race* zusammenhängt.«
»Das kann Lars uns doch einfach sagen«, meinte Franzi.
»Und wenn er schweigt?«, gab Kim zu bedenken. »Oder sogar alles abstreitet? Dann haben wir einen halb gelösten Fall und werden nie erfahren, worum es eigentlich ging!«
»Waren die Fingerabdrücke von Lars eigentlich auch auf dem Drohbrief?«, wollte Marie wissen.
»Nein«, berichtete Kim. »Da waren mehrere Abdrücke drauf, die ich noch nicht zuordnen konnte.«
Marie grinste. »Dachte ich mir. Das Textstück *für alle Ewigkeit* stammt nämlich aus einem Artikel über die neue Serie *Verliebte Vampire.* Und dieser Artikel befand sich in der vorletzten Ausgabe der *Vaniteen.* Ich glaube nicht, dass Lars Zeitschriften liest, in denen es in erster Linie um Styling für Mädchen geht. *Mach die Augen zu* stammt übrigens aus einem Make-up-Tutorial für Smokey Eyes.«
»Klingt eher nach Helen und ihrer Bande!« Franzi pustete sich energisch eine rote Haarsträhne aus dem Gesicht. »Ich dachte, die blöden H.A.S.I.s haben ein Alibi?«

»Wenn sie hinter diesem Brief stecken, sind sie wahrscheinlich nichts weiter als gemeine Trittbrettfahrer«, sagte Kim ärgerlich. »Das würde zu denen passen.«
»Ihr meint, die haben einfach nur so einen Drohbrief geschrieben, um mir Angst einzujagen?«, fragte Bente. »Obwohl sie nichts mit dem Diebstahl und *Level Q* zu tun haben?«
»Klar«, sagte Marie. »Das finden die garantiert lustig.«

Detektivtagebuch von Kim Jülich
Mittwoch, 19:38 Uhr
Wir sind bei unserem Fall einen ganzen Schritt weiter! Ich habe Lars's Fingerabdrücke auf der Handyhülle entdeckt. Außerdem nehmen wir an, dass der Drohbrief eine Aktion der H.A.S.I.s war. Diesen Verdacht müssen wir aber noch überprüfen. Wir werden uns die Fingerabdrücke von den dämlichen Karnickeln holen und sie überführen! Das mache ich morgen, im GCC-Seminar.
Außerdem müssen wir unbedingt mehr über Real Space Race *erfahren. Immerhin haben wir nicht nur Bente versprochen, ihren Laptop zu finden. Lukas hofft sehr darauf, dass wir Papas Handy wieder auftreiben. Dazu müssen wir aber erst Lars dingfest machen. Uns bleibt also nichts anderes übrig, als uns mit Raumschiffen zu beschäftigen, die bei uns durch die Gegend fliegen. Kommissar Peters wollte uns natürlich nichts über weitere Raubüberfälle verraten. Er hat Franzi am Telefon gesagt, dass wir uns lieber um entlaufene Hunde oder verschwundene Turnbeutel kümmern sollen. Dann ermitteln wir eben ohne die Hilfe der Polizei!*

Franzi und Marie wollen sich gleich morgen nach der Schule treffen und mit Maries Smartphone die Jagd eröffnen. Ich komme dann gleich nach dem Seminar dazu. Ich hoffe, Marie kennt sich gut genug aus. Sie hat sich Real Space Race *am Stand von* Level Q *erklären lassen. Aber zur Not können die beiden sicher auch Blake fragen. Oder ich frage David. Nee, lieber nicht. Der erinnert mich gerade zu sehr an jemanden, an den ich nicht denken möchte …*

<u>*Geheimes Tagebuch von Kim Jülich*</u>
<u>*Mittwoch, 19:51 Uhr*</u>
Ja, guckt ruhig in mein geheimes Tagebuch! Hier gibt es heute nämlich nichts zu lesen. Ich bin so verwirrt, ich kann gerade echt nichts schreiben.
Totale superchaotische Gedankenverwirrungskrise! ☹

Eine schmerzhafte Jagd

Franzi bremste ab. Das Hinterrad ihres Mountainbikes schlitterte leicht nach links. Seit Tagen waren Streuwagen unterwegs, aber es gab immer wieder glatte Stellen auf Straßen und Radwegen. Selbst in der Innenstadt, wo die Mädchen mit der Jagd begonnen hatten.

»Sollen wir nicht lieber zu Fuß weitermachen?«, fragte Marie. »Wir müssen doch sowieso ständig anhalten!« Sie hielt ihr Smartphone hoch und schaute auf das Display.

Im *Real Space Race*-Modus konnte man durch die Kamera die echte Welt betrachten. Doch zusätzlich sah man Raumstationen und Raumschiffe, die eingeblendet wurden. Letztere konnte man abschießen, markieren oder kapern. Je nachdem, auf was für einer Mission man sich befand. Außerdem gab es noch Tiere in bunten Uniformen. Bekam man sie vor die Linse, konnte man ihnen Fragen stellen. Manchmal erzählten sie einem aber auch einfach nur einen Witz. In Acht nehmen musste man sich vor blitzschnellen Feuerbällen. Sie schossen aus dem Nichts auf einen zu und brachten Minuspunkte, wenn man sie nicht schnell genug umlenken konnte. Schaute man wiederum hoch zum Himmel, zeigte das Display verschiedene Planeten und Sterne an.

»Ich bin überfordert!«, stöhnte Marie. »Schon zwei Treffer von Feuerbällen und dann all diese ganzen Tiere, die einen zutexten. Eben wollte mir ein Affe in einem silbernen Anzug einen Blondinenwitz erzählen!«

Franzi schob ihr Mountainbike bis zu einer Drogerie. Hier

gab es einen Fahrradständer. »Wir sollten die Räder wirklich besser hierlassen. Und wenn wir sie nachher abholen, kaufe ich mir endlich neue Haargummis. Die stehen schon voll lange auf meiner Einkaufsliste.«
»Hmmm«, machte Marie, aber sie hörte ihrer Freundin gar nicht richtig zu. Sie tippte auf ihrem Handy herum, sprang mit einem Mal beiseite und schreckte zurück. »Mann! Diese blöden Feuerbälle!«
»Soll ich mal?« Franzi hatte mittlerweile ihr Rad angeschlossen.
»Gleich!« Marie tippte schon wieder auf dem Bildschirm herum. »Ich habe es gleich. Da ist ein … Mist, verpasst!«
»Du hast ein *Mist verpasst*?« Franzi lachte.
Marie drückte den Pause-Button. »Da war ein Raumschiff der Sutsuj-Flotte! Fast hätte ich es markiert.«
»Marie Grevenbroich im Game-Fieber! Dich hat es ja voll erwischt.«
»Ich versuche nur, meinen Job als Detektivin zu machen«, sagte Marie. Sie schob ihr Rad zu dem Ständer und schloss es ab. »Wenn wir etwas über das Spiel erfahren wollen, müssen wir es eben auch richtig spielen – ohne gleich in den ersten Minuten auszuscheiden.«
»Na dann. Lass dich nicht stören.« Franzi grinste breit. »Ich folge dir unauffällig.«
Marie hatte das Spiel schon wieder eingeschaltet. Hier im Stadtzentrum war an fast jeder Ecke etwas los. Ein geflügelter Tapir mit Pilotenbrille winkte ihr zu. Es war das gleiche Tier, das sie schon einmal im Eingangsbereich der *AppTown* gesehen hatte. Dieses Mal ließ er sich allerdings aktivieren.

Ein Klick und er fing an zu reden. »Hallo, Shopping-Queen! Die Rebellen von Swerdna haben mein Raumschiff gekapert! Ich zahle dir 5.000 Ynniks, wenn du es markierst. 10.000 Ynniks, wenn du es zurückeroberst. Nimmst du den Auftrag an?«
Marie nahm »Schiff markieren« an. Mehr konnte sie nicht tun, sie hatte noch keine eigenen Schiffe und auch keine Ausrüstung, um Eroberungsfeldzüge zu machen. Ihr Rang war der eines Suchers.
»Shopping-Queen!« Franzi lachte. »War klar, dass du dir für das Spiel so einen Namen gegeben hast!« Sie trat von einem Bein aufs andere. Marie war durch das Spiel abgelenkt, aber Franzi fühlte, wie die Kälte an ihren Hosenbeinen hochkroch. In diesem Moment sehnte sie sich nach den warmen Sommernachmittagen. Tage, an denen man einfach im T-Shirt nach draußen gehen konnte. Tage, an denen es um neun Uhr abends noch hell war. Tage, an denen man mit einem Eis in der Hand durch die Fußgängerzone schlenderte oder im Freibad auf einem Handtuch lag! Franzi schloss die Augen und stellte sich den Geruch von Sonnencreme vor.
»Da ist eins!«, schrie Marie. Gleichzeitig setzte sie zu einem Sprint an. »Das schnappe ich mir!«
»Marie!« Franzi eilte hinter ihrer Freundin her.
Doch Marie blickte sich nicht um. Mit hocherhobenem Handy rannte sie in Zickzacklinien durch eine kleine Fußgängerzone, bog dann in die Lilienstraße ein und hetzte auf einen Platz zu, in dessen Mitte ein Springbrunnen mit einer Schlangenstatue stand. Jetzt, im Winter, war das Wasser abgeschaltet.

»Vorsicht!«, brüllte Franzi. »Da kommt ein …«
Das Wort »Fahrrad« ging in Klingeln, Quietschen und Schreien unter. Ein kleiner Junge war auf einem bunten Kinderrad über den Bürgersteig gesaust. Er wollte Marie ausweichen, streifte sie aber bei dem Versuch und geriet ins Schlingern. Marie fiel hin. Gleichzeitig kippte das Fahrrad auf den Gehweg und der kleine Junge landete auf den Knien. Er stieß einen markerschütternden Klagelaut aus.
»Ach du Schande!« Franzi setzte sich in Bewegung. Und sie war nicht die Einzige. Eine Frau mit Einkaufstaschen rannte auf Marie und das Kind zu. »Emerick!«
Der kleine Junge rappelte sich mühsam auf. »Mama!«
»Du sollst doch nicht so schnell fahren!« Die Frau kniete sich atemlos vor das Kind.
»Die hat nicht geguckt!«, verteidigte sich der Knirps. »Sie ist einfach blöd rumgelaufen!«
»Emerick!«, sagte die Mutter streng. Dann drehte sie sich zu Marie. »Ist bei dir alles in Ordnung.«
»Marie?« Franzi berührte ihre Freundin vorsichtig an der Schulter.
Marie zuckte zusammen. Doch dann stand sie ächzend auf. Sie hatte den Sturz allein mit der rechten Hand abgefangen. Die war aufgeschürft und brannte. Außerdem pochte ihr Handgelenk. Die linke Hand, in der sie ihr Smartphone gehalten hatte, war zum Glück unversehrt. Marie hatte sie beim Sturz automatisch hochgehalten.
»Brauchst du einen Arzt?« Die Mutter blickte auf Maries Hand.
»Ich glaube nicht«, sagte Marie leise.

»Aber ich!« Der kleine Junge deutete auf seine Knie, die nun schmutzig und nass waren. »Ich habe bestimmt Blut!«
»Lass mich mal nachschauen.« Die Frau nahm ihren Sohn beiseite. Währenddessen kümmerte sich Franzi um Marie. »Du hast echt nicht geguckt.«
»Ich weiß«, gab Marie zerknirscht zu. »Aber dieses Raumschiff ist einfach davongeflogen und ich wollte es unbedingt einholen.«
»Das soll wohl bei solchen Spielen häufiger vorkommen.« Franzi zog eine Taschentuchpackung aus ihrem Rucksack und reichte sie Marie. »Angeblich laufen immer mal wieder Leute vor Autos oder betreten gefährliche Orte, weil sie mitten im Spiel sind und ihren Verstand ausschalten.«
Marie tupfte sich vorsichtig mit dem Tuch das Streusalz von der Wunde. Dann fiel ihr Blick auf ihre Handtasche. Sie lag mitten auf dem Gehweg. Das Kinderfahrrad hatte sie voll erwischt. Eine braune Reifenspur führte einmal quer über das blaugraue Wildleder. »Oh nein!«
»Die hat der kleine Emerick aber gründlich erlegt!«, stellte Franzi fest. »Das Ding ist mit Streusalz mariniert!«
»Die Tasche ist von Diloj!« Marie sackte in sich zusammen wie ein Schwimmreifen, aus dem jemand die Luft rausgelassen hatte. »Ein echtes Designer-Stück! Die kann man nicht einmal mit der Hand waschen.«
»Wildleder ist doch voll out!«, gab Franzi zurück. »Dafür mussten Tiere sterben. Außerdem ist es unpraktisch.«
»Wir müssen weiter«, wurde sie von der Frau unterbrochen. »Gute Besserung für deine Hand! Es tut mir echt leid, dass Emerick dich angefahren hat.«

»Schon gut. Ich habe ja wirklich nicht aufgepasst«, gab Marie zu.
»Und jetzt?«, fragte Franzi, als Mutter und Sohn verschwunden waren. »Machen wir weiter, Shopping-Queen?« Sie blickte zum Himmel. Dort waren weder Planeten noch Raumschiffe zu sehen, dafür setzte gerade ein ungemütlicher Schneeregen ein.
Marie wischte sich mit dem Handrücken eine Flocke aus dem Gesicht. »Erst bringe ich die Tasche in die Reinigung.«
»Ich würde sagen, du holst dir als Erstes mal ein Pflaster aus der Drogerie. Das dumme Diloj-Ding kann später verarztet werden. Das ist ja schon tot.«
Einen Moment lang funkelten sich Franzi und Marie böse an. Doch dann zuckten Maries Mundwinkel. Erst kaum merklich, dann immer deutlicher. Schließlich musste sie lachen. »Du hast gewonnen. Erst das Pflaster, dann die Reinigung.«
»Super!« Franzi zückte ihr Handy. »Ich schreibe Kim eine SMS.«

Da der Schneeregen immer stärker wurde, brachen die Mädchen die Jagd ab. Das war Marie nur recht. Ihr Handgelenk war inzwischen angeschwollen und pochte schmerzhaft. Sie ließ sich etwas von Kim bemitleiden und genoss es, ausführlich von dem Unfall zu berichten.
»Das Kind hatte eine irre Geschwindigkeit drauf!«, versicherte sie ihrer Freundin. »Da konnte ich echt nicht mehr ausweichen. Keine Chance! Das Rad hat mich frontal erwischt und zu Boden gerissen.«

»Ganz so war es jetzt nicht«, wandte Franzi ein.
»Doch!«, sagte Marie. »Der hatte mindestens vierzig Stundenkilometer drauf!«
»Zehn«, sagte Franzi. »Maximal fünfzehn.«
»Hallo?« Marie war empört. »Ich habe das live erlebt. Du warst nur Zuschauer.«
Kim schaute von einer zur anderen. »Vielleicht könntet ihr das später klären?« Sie nahm ihre Mütze und den Schal ab und stopfte die Sachen in ihren Rucksack.
Die drei !!! hatten sich zur Besprechung ins Einkaufszentrum gesetzt. Hier war es warm und trocken, allerdings auch laut und voll. Die halbe Stadt war unterwegs, um Geschenke zu kaufen. Eine Band in Weihnachtsmannkostümen spielte rockige Weihnachtslieder, während aus dem Jeansladen ein Popsong der *Boyzzzz* dröhnte. Mitten im Gang lockte ein Schlitten mit lebensgroßen Rentieren aus Stoff Schaulustige an. Der Geruch von gebrannten Mandeln mischte sich mit den Düften aus der Parfümerie und ein verkleideter Schneemann verteilte Flyer.
»Dagegen war die *AppTown* ja die reinste Wellnessveranstaltung!«, stellte Franzi fest.
»Dafür müssen wir nicht frieren«, meinte Marie.
Kim sagte nichts. Der Song von den *Boyzzzz* erinnerte sie an Sebastian. Und daran, dass er Popmusik nicht mochte. Aber jetzt durfte sie sich nicht ablenken lassen. Es gab immerhin viel zu besprechen.
»Ich konnte beim Girls Computer Club die Fingerabdrücke von den H.A.S.I.s sicherstellen«, berichtete Kim. »Zu Hause werde ich sie dann mit denen auf dem Drohbrief verglei-

chen. Allerdings sind wir jetzt noch nicht wirklich weiter, was *Level Q* betrifft. Konntet ihr denn wenigstens bei der Space-Jagd etwas Ungewöhnliches beobachten? Oder ist euch etwas an dem Spiel aufgefallen?«

»*Real Space Race* ist auf jeden Fall gefährlich!« Franzi deutete auf Maries Hand. »Und es scheint erstaunlich viel Spaß zu machen.«

»Das hilft jetzt nicht wirklich weiter.« Kim kickte missmutig einen zusammengeknülltem Flyer weg, der vor ihren Füßen lag. »Wir stecken fest. Wir haben zwar einen Täter, aber keinen Tathintergrund. Wir haben einen Drohbrief, aber der hängt wahrscheinlich nicht mit dem Fall zusammen. Und wir haben ein paar Überfälle, über die wir allerdings viel zu wenig wissen.«

»Dann müssen wir eben mehr Informationen sammeln«, sagte Franzi aufmunternd. »Wir sprechen morgen in der Schule alle Leute an, die sich für *Real Space Race* interessieren könnten. Wenn noch mehr Leute abgezockt wurden, hat sich das doch garantiert herumgesprochen.«

Kim nickte langsam. »Das ist ein guter Plan! Morgen Nachmittag wagen wir dann einen zweiten Versuch, okay?«

Marie rieb sich vorsichtig über das schmerzende Handgelenk. »Von mir aus gern. Aber dieses Mal überlasse ich euch das Rennen!«

Endlich war Freitag. Diese Tatsache munterte Kim etwas auf. Trotzdem konnte sie sich in der Schule kaum auf den Unterricht konzentrieren. Mit ihrem Füller schrieb sie die Worte »Chaos im Kopf« auf ein neues Löschpapier. Dann

malte sie lauter verworrene Kringel, Kreise und Linien. Warum war plötzlich alles so kompliziert?
In Englisch gab es auch noch einen unangekündigten Test zu dem Buch, das sie gerade im Unterricht lasen. Kim hätte am liebsten lauter große Fragezeichen auf das Papier gemalt. Die richtigen Vokabeln fielen ihr jetzt eh nicht ein. Höchstens der Satz »Sebastian lives in another world«. Kim fragte sich, ob »lives« mit v oder f geschrieben wurde. Aber danach wurde im Test gar nicht gefragt. Es ging um die Geschichte »Lara in London«. Als ob es Kim interessierte, was Lara auf ihrer Reise nach England erlebte. Lara fuhr in einem roten Doppeldeckerbus herum, besuchte ein Museum und war in Paul verliebt. Paul hatte keine Brusthaare. Er trank auch keinen Rotwein und hatte keine Steuernummer. Paul war 15 Jahre alt. Kim starrte auf das Cover des Buchs. Zwei lachende Gesichter vor dem Big Ben. Es war nicht auszuhalten. Sie drehte das Buch um. Auf der Rückseite war wenigstens nur ein Text. Kims Mutter fand Englisch unglaublich wichtig und sie legte großen Wert auf gute Noten. Heute würde Kim sie enttäuschen müssen.
Die erste große Pause nutzte Kim, um mit ihren Mitschülern zu sprechen. Tatsächlich hatten einige von ihnen bereits *Real Space Race* gespielt. Aber keiner war abgezockt worden. Erst in der zweiten großen Pause kam Kim mit einem Mädchen ins Gespräch, das etwas gehört hatte.
»Der Sohn von unseren Nachbarn wurde am letzten Samstag ausgeraubt«, erklärte sie, während sie ihr Pausenbrot auspackte. »Der war aber auch voll blöd. Ist bei Dunkelheit allein hinter dem Bahnhof herumgelaufen.«

»Weißt du, wo genau das passiert ist?«, hakte Kim nach.
»Nö«, sagte das Mädchen. »Ich weiß nur, dass er vorher bei der *AppTown* war, dieser komischen Messe.«
Kim notierte sich den Namen und den Tag des Überfalls. Dann fragte sie weiter. Dieses Mal wandte sie sich auch an Schüler aus anderen Klassen, die sie von AGs oder Projektwochen kannte. Schließlich hatte sie zwei weitere Überfälle notiert. In der kleinen Pause vor Bio traf sie Franzi auf dem Flur.
»Und?«, fragte Kim.
»Ein Überfall. Chris, aus meiner Klasse. Er hat mit seiner Freundin Raumschiffe gejagt.«
»In der Nähe vom Industriegebiet?«
»Woher weißt du das?«
»Wir reden später!« Kim schulterte ihre Tasche. »Ich muss zum Biosaal!«
»Dann lass dich nicht aufhalten.«
»Ach, Franzi?« Kim drehte sich noch einmal zu ihrer Freundin um.
»Was ist?«
»Es kann sein, dass wir die Aktion auf morgen verschieben müssen.«
Franzi runzelte die Stirn. »Warum denn?«
»Ich habe eine Idee!«

Detektivtagebuch von Kim Jülich
Freitag, 17:09 Uhr
Das Telefon glüht! Dafür habe ich mit mehreren Schülern gesprochen, die überfallen wurden. Lukas habe ich vorhin auch

noch einmal gründlich befragt. Hier das Ergebnis meiner Arbeit:

- *Alle Überfälle fanden zwischen Industriegebiet und Bahnhofsviertel statt. Ich habe sie auf einer Karte eingetragen. Auffällig: Die Tatorte liegen ungefähr einen halben Kilometer von der* AppTown *entfernt.*
- *Die Opfer waren entweder allein oder zu zweit unterwegs.*
- *Die Opfer waren jünger als 16 Jahre (wobei wir natürlich auch nicht mit älteren Leuten gesprochen haben).*
- *Die Leute, mit denen ich geredet habe, hatten alle eine Downloadkarte auf der* AppTown *bekommen und die kostenlose Version von* Real Space Race *getestet.*
- *Die Überfälle fanden ungefähr zwischen 16:30 Uhr und 19:00 Uhr statt.*
- *Der Täter trug in allen Fällen eine Schneemann-Maske, war jedoch nicht bewaffnet.*
- *Die Überfälle liefen bisher ohne Gewalt ab.*

Wir werden morgen also ganz gezielt vorgehen und uns am späten Nachmittag bei der AppTown *treffen. Von dort starten wir die Aktion Lockvogel. Marie und ich gehen vor und Franzi folgt uns. Allerdings ist mir nicht ganz wohl bei der Sache. Wir könnten uns da echt in Gefahr begeben! Ich habe mir deshalb schon etwas überlegt. Mal sehen, ob mein Plan funktioniert.*
Bevor ich es vergesse: Die Fingerabdrücke auf dem Drohbrief gehören tatsächlich den H.A.S.I.s. Ich wette, dass die gar nichts mit dem Fall zu tun haben und Bente einfach nur fertigmachen wollten. Was für eine armselige Mobbing-Aktion! Wenn wir die Sache mit Level Q *geklärt haben, werden wir uns die vier mal vornehmen!*

Geheimes Tagebuch von Kim Jülich
Freitag, 17:20 Uhr
Falls du das gerade lesen kannst, bist du wahrscheinlich nicht Mama. Und nicht Ben oder Lukas. Die hätten dieses Dokument nämlich nicht öffnen können. Mein Tagebuch ist jetzt richtig gut verschlüsselt. Natürlich nicht mit so einem kleinen Schlüssel am Bändchen, sondern im Computer – mit einem Algorithmus.

Ich glaube, meine Träume von Sebastian waren so etwas wie Fanfiction. Ich war ein Fan von Sebastian. Und jetzt kann ich einfach nicht mehr von ihm träumen. Ich habe es versucht. Gestern Abend habe ich mir vorgestellt, wie es wäre, mit ihm im Café Lomo *zu sitzen und* Kakao Spezial *zu trinken.*

Es war wirklich sehr romantisch. Wir haben uns über unsere Bücher unterhalten und uns dabei tief in die Augen geguckt. Aber dann sagte mein Traum-Sebastian plötzlich: »Die Musik ist schrecklich, nicht wahr? Diese Boyzzzz *konnte ich noch nie leiden. Chartmusik ist so gewöhnlich.« Und mein Traum wurde sogar noch schlimmer! Meine Fantasie ließ sich einfach nicht mehr bremsen. Traum-Sebastian meinte, dass er normalerweise nie Kakao trinken würde, außerdem hätte er kaum Zeit, weil er dringend seine Steuererklärung machen müsste. Trotzdem wollte er dann noch mit mir über »Die Wechselwirkung von Medien und Machtinhabern in postdiktatorischen Staaten« sprechen. So heißt nämlich seine Abschlussarbeit. Das Gespräch konnte ich mir dann aber schlecht ausdenken, weil ich darüber nichts weiß. In der Schule hatten wir das noch nicht. Ich kam mir sowieso total blöd vor. Darum ist mein Traum-Ich aufgestanden und hat gesagt: »Ich habe dich echt geliebt, aber du bist mir*

einfach zu alt!« Dann habe ich meinen Kakao bezahlt und bin gegangen.
Jetzt fühle ich mich so leer. Ich bin nicht mehr verliebt, aber in meinem Herzen ist ein Loch in der Form von Sebastian. Und wovon soll ich jetzt an einem dunklen Montagmorgen träumen? Zum Glück ist Wochenende!

Mission Lockvogel

Maries Hände zitterten leicht, als sie das Smartphone in Position brachte.
»Aufgeregt?«, fragte Kim leise.
»Ja«, gab Marie zu. »Und kalt!«
Die beiden Mädchen standen ein paar Meter vom *Ultraviolett* entfernt. In der Disco fand immer noch die *AppTown* statt. Da heute Samstag war, war die Messe besonders gut besucht. Jetzt, um 16:00 Uhr, war die Sonne gerade untergegangen. Dafür war die Straßenbeleuchtung angesprungen und hüllte die Gegend in ein gelbliches Licht. Kim blickte auf die Straße vor ihnen. »Raumschiffe in Sicht?«
»Nur eine Giraffe von der intergalaktischen Föderation.« Marie zog eine Augenbraue hoch. »Was will die denn von mir?«
»Hat sie einen Auftrag?«, wollte Kim wissen. »So funktioniert das Spiel doch, oder?«
»Mal sehen.« Marie klickte das Tier an. Die Giraffe senkte den langen Hals und räusperte sich. »Hallo, Shopping-Queen! In Sektor II ist ein Transporter der Sanoj gesichtet worden. Eine Markierung bringt dir 9.000 Ynniks!«
»Ich nehme an!«, sagte Marie zu Kim. »Sektor II befindet sich nämlich genau zwischen Bahnhof und Industriegebiet.«
»Dort, wo die Überfälle stattgefunden haben«, murmelte Kim. Ihr war nun doch mulmig zumute. Was, wenn der Plan nicht funktionierte? Kommissar Peters würde ihnen eine Standpauke halten. Und das war vermutlich nicht einmal

das Schlimmste, was passieren konnte. In Kims Magen kribbelte es unangenehm.
Zum Glück waren die Straßen rund um den Bahnhof auch am Wochenende belebt. Es herrschte ein reges Treiben. Immer wieder eilten Menschen mit Koffern oder Rucksäcken an ihnen vorbei. Wieder andere zog es zu ein paar Holzbuden, an denen man sich mit Glühwein, heißem Kakao, Bratwürstchen oder Waffeln aufwärmen konnte. Ein verführerischer Duft wehte zu den Mädchen herüber. Ausnahmsweise hatte Kim jedoch keinen Appetit. Angespannt folgte sie Marie, die ihr Handy fest im Blick hatte.
Die Suche nach dem Raumschiff führte sie kreuz und quer durch das Viertel – vorbei an Dönerbuden, einem Skater-Shop, einem Tattoo-Studio, einem Asia-Imbiss, zwei Drogerien und einer Bäckerei. Fast alle hatten sich Mühe gegeben, etwas gegen die Dunkelheit des Winters zu unternehmen: Lichterketten, farbenfrohe Schaufensterauslagen und geschmückte Weihnachtsbäume sorgten dafür, dass die Gegend nicht trostlos wirkte. In manchen Seitenstraßen sah es allerdings anders aus. Im Vorbeigehen konnten Kim und Marie geschlossene Rolltore und Drahtzäune entdecken, hinter denen Fabrikgebäude oder Lagerhallen standen. Es gab Müllcontainer, parkende Lastwagen und finstere Einfahrten. Mit jedem Schritt nahm das Kribbeln in Kims Magen zu. Irgendwann würde ihr Weg vielleicht auch in so eine Straße führen.
»Warte!« Marie blieb abrupt stehen und drehte ihr Handy hin und her. »Ich hab ihn!«
»Wen?«, fragte Kim.

»Na, den Transporter!« Schon setzte sich Marie wieder in Bewegung. Als sie mit einem Satz zur Seite sprang, entfuhr Kim ein kleiner Schrei.
»Alles in Ordnung«, wurde sie von Marie beruhigt. »Da war nur wieder so ein Feuerball!«
Kim ließ zischend ihre Atemluft entweichen. »Mach das nicht noch einmal! Ich bin echt fertig mit den Nerven!«
Doch Marie hörte ihrer Freundin nicht zu. Sie war neben dem Eingang eines Grillimbisses stehen geblieben und sah sich um. Das Gedudel von Spielautomaten tönte aus dem Inneren. »Mist, er ist weg!«
»Und jetzt?«, fragte Kim unschlüssig.
»Moment!« Marie blickte angestrengt auf das Display. »Da ist der Transporter ja wieder! Wir müssen nach rechts abbiegen!«
Beide Mädchen rannten sofort los. Marie war ein bisschen schneller als Kim und erreichte die Hausecke als Erste. Hinter einer geschlossenen Eckkneipe ging es in eine Seitenstraße, die dunkel und verlassen vor ihnen lag. Da war nur das Raumschiff, das auf Maries Bildschirm aufgetaucht war. Sie zeigte es Kim. Es ähnelte entfernt einem Düsenjäger, der einen dicken, viereckigen Bauch hatte. Kleine, rote Lichter blinkten an den Flügeln. Es schwebte vor einer Einfahrt.
»Ich muss näher ran, um es zu markieren«, sagte Marie leise.
Kim schluckte. Als Anführerin der drei !!! musste sie jetzt die richtige Entscheidung treffen. Weitergehen oder umkehren? Vernünftig sein oder den Fall lösen? Im Kopf ging sie die Fakten durch: Das Raumschiff befand sich nur ein paar Meter entfernt. Sie hatten sich noch nicht weit von den Läden

entfernt und irgendwo hinter ihnen wartete ihre Verstärkung. Alles war so, wie sie es geplant hatte. Trotzdem fühlten sich Kims Beine an, als wären sie aus Gummi.
»Wir gehen hin«, sagte sie leise. »Aber wenn nichts passiert, dann kehren wir um! Wir gehen auf keinen Fall weiter!«
Marie nickte nur und machte ein paar Schritte nach vorn. Sie wollte gerade den Zeigefinger heben, als jemand aus dem Schatten eines Müllcontainers trat. Es war eine einzelne schmale Gestalt in einer schwarzen Jacke. Der komplette Kopf war bis zum Hals hinter einer Schneemann-Maske verborgen. Das grinsende, weiße Gesicht mit der Karotten-Nase ließ nur die Augenpartie frei.
»Handys auf den Boden! Und die Geldbörsen! Und eure Uhren auch!«, befahl eine Stimme. Es handelte sich eindeutig um einen jungen Mann. »Macht schon! Sonst kommen meine Jungs dazu. Dann wird es ungemütlich!«
Dieses Mal musste Marie nicht schauspielern. »Sch…schon gut!«, stammelte sie. Vorsichtig legte sie ihr Smartphone ab. Kim schloss unterdessen kurz die Augen. Dann griff sie in die Jackentasche. Darin befand sich nicht nur ihr Handy, sondern auch ein kleines Gerät, das sie extra eingesteckt hatte: ein Notfallsender! Ihre Finger fanden den Knopf und drückten ihn.
»Keine Dummheiten!«, sagte der Unbekannte scharf. »Ich bin nicht allein!«
»Mein Handy ist da drin«, rief Kim zurück. Ihre Stimme zitterte und war ungewöhnlich hoch. Sie kam ihr selbst fremd vor. So schnell es ging, zückte sie ihr Handy und legte es neben Maries Smartphone.

Als sie alles ausgepackt und abgelegt hatten, nickte der Unbekannte knapp. »Dreht euch um und geht langsam weg. Mit erhobenen Händen! Zählt bis fünfzig! Erst dann dürft ihr rennen!«

Blakes Handy gab einen lauten Piepton von sich. »Das Signal!«
Franzi griff nach dem Walkie-Talkie. Es war ein Kinderspielzeug von Holgers Geschwistern und hatte nur ein paar Meter Reichweite, aber für diesen Zweck war es bestens geeignet. »Wagen I bitte kommen!«
»Wagen I«, meldete sich Holger. Maries Freund saß ganz in der Nähe auf der Rückbank eines alten Polos. Beide Autos standen in einer Kurzparkzone vor dem City Hostel – einer Art Jugendherberge.
»Notruf erfolgt!«, rief Franzi. »Wir fahren los!«
In diesem Augenblick überquerten mehrere junge Leute mit schweren Rucksäcken die Fahrbahn und drängten sich zwischen den parkenden Autos hindurch. Offenbar wollten sie zum Hostel.
»Macht schon!« Stefan schlug nervös auf das Lenkrad. Doch die Touristen hatten es nicht eilig.
»Jede Minute zählt!« Franzi rutschte auf ihrem Sitz herum, als wäre es ein Ameisenhaufen. Endlich war auch der langhaarige Mann mit Reisetasche an ihnen vorbeigegangen und hatte den Bürgersteig erreicht.
»Los!«, brüllte Franzi ins Walkie-Talkie.
»Okay!«, kam es von Holger. Seine Stimme klang sehr aufgeregt. »Marie und Kim sind am Sandkamp. Wir fahren vor!«

»Oh Mann, worauf habe ich mich da eingelassen!« Franzis großer Bruder Stefan startete den Motor seines Kombiwagens. »Wenn das schiefgeht!«

»Es darf eben nicht schiefgehen.« Franzi drehte sich zu Blake um. Er hatte sein Smartphone gezückt. »Nach wie vor keine Raumschiffe in Sicht. Wer weiß, was Kim und Marie da verfolgt haben.«

»Das ist doch jetzt nicht wichtig!« Stefan gab Gas und folgte dem Polo, der gerade rechts abbog. Das Funkgerät machte ein knackendes Geräusch. »Wagen I an Wagen II, wir sehen sie schon!«

»Himmel!«, entfuhr es Franzi. »Alles okay?«

»Ja«, kam es knapp von Holger zurück.

Der Kombiwagen kam zum Stehen. Die Türen wurden aufgerissen und ein Schwall eiskalter Luft wehte Franzi entgegen. Marie und Kim kletterten schwer atmend auf den Rücksitz.

»Geschafft!« Erleichtert ließ sich Kim in die Polster sinken. Sie war heilfroh, dass sie für Verstärkung gesorgt hatte. Als Detektivinnen wollten die drei !!! so unabhängig wie möglich sein, aber manchmal war es eben doch praktisch, große Brüder und Freunde einzuspannen. Besonders, wenn es um riskante Aktionen ging, bei denen zu viel Mut auch mal gefährlich werden konnte. Kim zog den Notfall-Sender aus der Jackentasche und sah ihn an. Das kleine Gerät hatte gute Arbeit geleistet. Drückte man einen großen, roten Knopf, wurde sofort ein Signal an eine Handynummer geschickt. In diesem Fall an die Nummer von Blake. Zusätzlich hatte Kim auf den Smartphones von Holger und Marie die *Love Spy-*

App installiert. Beide hatten zugestimmt. So konnte Holger Maries Handy überall orten – zumindest solange es eingeschaltet war.

»Alles klar?«, fragte Franzi vom Beifahrersitz aus. »Meine Güte! Ich habe mir echt Sorgen um euch gemacht.«

»Ihr habt echt den … ach, egal!«, polterte Stefan.

»Alles super!«, brachte Marie hervor. »Aber jetzt müssen wir den Dieb verfolgen.«

Franzi hielt sich das Funkgerät vor den Mund. »Wagen II an Wagen I, bitte Verfolgung aufnehmen!«

Die Wagen waren nicht lange unterwegs. Bereits ein paar hundert Meter weiter blieb der Polo am Rande des Industriegebietes vor einem Hof mit einem länglichen Schuppen stehen. Eine halbhohe Mauer umsäumte das Gelände. Das Tor stand offen.

»Hier muss es sein!«, berichtete Holger über Funk.

»Gehen wir jetzt alle da raus?«, fragte Stefan.

»Nein«, entschied Kim. Sie steckte den Notfall-Sender wieder ein. »Wir teilen uns auf. Du bleibst mit Blake im Wagen. Ihr ruft die Polizei, wenn wir euch ein Signal geben.«

»Und ihr?«

»Wir suchen das Gelände ab. Zusammen mit Holger und seinen Sportfreunden. Einer von ihnen fuhr den Polo.«

»Nein!«, entschied Stefan.

»Wie nein?«, fragte ihn Franzi entrüstet.

»Nein!«, wiederholte Stefan bestimmt.

»Du benimmst dich echt wie Mama und Papa!«

»Die machen mich ja auch persönlich platt, wenn dir etwas passiert!«, verteidigte sich Franzis großer Bruder. »Ihr ruft jetzt diesen Kommissar an und sagt ihm, wo wir sind. Dann kann die Polizei den Rest übernehmen.«

»Ich sage es nur ungern«, meinte Blake, »aber Stefan hat recht.«

»Was?«, fragte Franzi ungläubig.

»Ehrlich gesagt kann ich darauf verzichten, diesem Schneemann noch einmal zu begegnen«, gab Kim zu. »Einmal reicht vollkommen! Wichtig ist doch, dass wir sein Versteck aufgespürt haben!«

Schließlich gaben auch ihre beiden Detektivkolleginnen nach. Franzi rief von ihrem Handy aus bei der Polizei an. Kommissar Peters war zum Glück gerade im Dienst und versprach, sofort zu kommen. Franzi hatte gerade aufgelegt, als eine dunkle Gestalt aus dem Schuppen trat. Ein junger Mann eilte über den Hof. Er hatte seine schwarze Mütze tief ins Gesicht gezogen.

»Keine Schneemann-Maske«, flüsterte Marie. »Aber die gleiche Jacke und die gleichen Stiefel wie der Dieb!«

Kim nickte. »Ich würde sagen, dass es sich sogar um dieselbe Jacke und dieselben Stiefel handelt!«

»Jaja«, sagte Marie nervös. »Wir können ihn doch nicht laufen lassen!«

Aufgeflogen!

Franzi schnallte sich mit einer einzigen schnellen Bewegung ab und öffnete die Tür. Zeitgleich sprangen Holger und seine Sportfreunde aus dem Polo. Der Unbekannte setzte zu einem Sprint an und versuchte, über die halbhohe Mauer zu entkommen, die das Gelände umgab. Woher sollte er auch wissen, dass seine Verfolger in ihrer Freizeit Parkouring auf Wettkampfniveau betrieben. Holger war ein Ass, wenn es darum ging, Hindernisse zu überwinden und den direkten Weg zum Ziel einzuschlagen. Ihn hielt so schnell nichts auf. Locker flankte er über die Mauer hinweg. Der Dieb wollte einen Haken schlagen, stolperte dabei jedoch und schlug der Länge nach auf dem Bürgersteig auf. Direkt vor Franzis Füße. Sie hatte das Gelände von außen mit einem Sprint umrundet. »Endstation!«, verkündete sie zufrieden, als Holger und ein Junge namens Theo den Unbekannten festhielten. Inzwischen waren auch Stefan, Kim und Marie aus dem Kombi ausgestiegen und kamen atemlos um die Ecke gelaufen.

»Habt ihr ihn?«, keuchte Kim.

Statt einer Antwort hob Franzi beide Daumen. Sie grinste breit.

»Ist es Lars?«

»Lasst mich!« Der Unbekannte versuchte, sich aufzusetzen. Holger packte ihn fester am Arm. »Hiergeblieben, Freundchen!«

Franzi beugte sich vor und zog dem Dieb die Mütze vom

Kopf. Erstaunt riss sie die Augen auf. »Das ist ja gar nicht Lars!«
»Was wollt ihr von mir?«, brüllte der junge Mann. »Ich habe nichts getan!«
»Hallo, Cederic!«, sagte Marie mit einem süßen Lächeln. »So sieht man sich wieder.«
Cederic starrte Marie fassungslos an. »Charlene? Was soll das?«
»Das frage ich dich.« Maries Lächeln erlosch schlagartig. »Du hast meine Freundin und mich überfallen!«
»Was?« Cederic wollte sich aufrappeln, doch Holger hielt ihn fest.
»Du hast mein Smartphone geklaut, aber wir haben es getrackt«, erklärte Marie stolz. »Mein Freund konnte die ganze Zeit sehen, wo es war. Und jetzt liegt es da drüben im Schuppen. Das ist das Lager für dein Diebesgut, stimmt's?«
»Ich sage gar nichts!«, fauchte Cederic.
»Brauchst du auch nicht«, sagte Franzi. »Die Polizei wird gleich hier sein und dann fliegst du auf.«
»Außerdem können wir uns denken, was passiert ist.« Kim stellte sich neben Franzi und Marie. »Du hast Kindern und Jugendlichen aufgelauert, die hier im Industriegebiet *Real Space Race* gespielt haben. Immerhin konntest du sicher sein, dass sie Smartphones dabeihatten.«
»Habt ihr für die Gratisversion extra ein Raumschiff programmiert?«, mischte sich Franzi ein. »Bei der gekauften App taucht hier in der Gegend nämlich gar keins auf!«
»Das war alles Pascals Idee!« Cederic bäumte sich erfolglos auf. »Echt! Ich habe da nur aus Not mitgemacht.«

»Ach«, machte Marie. »Der liebe Pascal steckt also auch mit drin.«
Cederic nickte hektisch. »Er hat das alles gemacht! Wirklich! Ich bin unschuldig!«
»Das sehe ich anders!«, sagte Kim. »Und Bente bestimmt auch!«
»Was?« Cederic starrte Kim an, als würde die Unsinn reden. »Wer ist denn jetzt Bente?«
»Da helfe ich deinem Gedächtnis gern auf die Sprünge!« Kim baute sich vor dem Praktikanten auf. »Bente ist das Mädchen, dass *Level Q* auf die Spur gekommen ist! Und Lars hat ihren Laptop geklaut, damit die Beweise verschwinden.«
»Offenbar Beweise für das, was ihr hier macht!«, fügte Franzi hinzu.
»Ich glaub, es hackt!« Cederic schüttelte empört den Kopf. »Was soll denn der Streber mit unserer Aktion zu tun haben? Wir haben das ganz allein programmiert. Ohne seine Hilfe!«
»Und dann habt ihr den Laptop gestohlen?«
Cederic verdrehte die Augen. »Was für einen Laptop? Und wieso wusste die Tante überhaupt davon?«
»Die Tante heißt Bente«, zischte Franzi.
»Kenne ich nicht!«
»So kommen wir nicht weiter«, sagte Marie energisch. »Tatsache ist jedenfalls, dass ihr miese Diebe seid. Du und Pascal!«
»Mann! Habt ihr eine Ahnung, was man als Praktikant verdient?«, rief Cederic. »Nix! Es gibt ein Dankeschön und ein Zeugnis. Na toll. Und wovon soll man leben? Hey, wir haben das nur wie Robin Hood gemacht. Die reichen Kids beklaut und den Armen was zugesteckt.«

»Und die Armen seid ihr?« Marie tippte sich an den Kopf. »Erzähl das mal Kommissar Peters!« Kim deutete auf den Polizeiwagen, der mit flackerndem Blaulicht angefahren kam.

Eine Stunde später traten Kim und Marie aus dem Polizeipräsidium. Die anderen waren längst nach Hause gefahren, aber die beiden Mädchen hatten noch ihre Aussage gegen Cederic machen müssen. Inzwischen hatte die Polizei auch Pascal festgenommen.
»Zu blöd, dass wir Papas Handy nicht gleich mitnehmen durften«, sagte Kim. »Ben und Lukas werden das gar nicht gut finden.«
»Es ist eben beschlagnahmtes Diebesgut«, wiederholte Marie das, was ihnen Kommissar Peters schon erklärt hatte. »Deine Eltern müssen es gegen eine Unterschrift auslösen.«
»Dein Smartphone hat er dir doch auch gleich gegeben.« Kim verschränkte die Arme.
»Da hat er aber wirklich ein Auge zugedrückt«, sagte Marie. »Schließlich war es genau genommen kein Diebesgut, sondern der Peilsender, der uns zu dem Lager geführt hat.«
»Wie auch immer. Meine Eltern werden ziemlich sauer auf die Zwillinge sein.« Kim betrat neben Marie den Parkplatz des Präsidiums, wo Maries Stiefmutter Tessa schon im Wagen auf die beiden wartete.
»Aber immerhin ist das Handy nicht weg.« Marie öffnete die hintere Tür des Autos. »Und wir haben einen großen Teil des Falls gelöst!«
»Das stimmt«, gab Kim zu.

Marie und Kim stiegen ins Auto ein und begrüßten Tessa. Das Radio war eingeschaltet und aus den Boxen dröhnte laute Heavy-Metal-Musik. Während sich die Mädchen anschnallten, drehte Tessa das Radio etwas leiser. Trotzdem hallte noch immer die wütende Stimme des Sängers aus den Lautsprechern. Kim hatte gar nicht gewusst, dass Maries Stiefmutter auf so aggressive Töne stand.
Tessa ächzte. »Danke, dass ihr mir einen Grund gegeben habt, die Villa zu verlassen!«
»Oma Agnes?«, fragte Marie mitfühlend.
»Du sagst es.« Tessa gab energisch Gas und fuhr los. »Meine Mutter mischt sich wirklich in alles ein! Außerdem will sie mir nicht sagen, wann sie wieder wegfährt.«
»Wir können sie ja mal vorsichtig fragen«, schlug Marie vor.
»Das kannst du gerne versuchen.« Tessa seufzte. »Ich habe sie sehr lieb – aber nur, wenn wir nicht gerade unter einem Dach leben.«
»Verständlich«, murmelte Marie.
»Leider kann dein Vater das nicht verstehen. Helmut findet es großartig, dass jemand den Haushalt in Schwung bringt, und er mag sogar ihr Essen! Ich bin mit den Nerven am Ende!«
»Zeit für einen Aufstand!«, sagte Marie. »Ich glaube, ich kann keinen weiteren Tag Buchweizengrütze essen. Und ich weigere mich, am Wochenende vor acht Uhr ins Bett zu gehen.«
Tessa lachte. »Warte, bis du von ihrer neusten Tat gehört hast. Sie hat eben Holger rausgeschmissen!«
»Was?« Marie setzte sich kerzengerade auf.

»Holgers Freunde haben ihn bei uns abgesetzt«, erklärte Tessa. »Er wollte auf dich warten. Aber da hat er die Rechnung ohne meine Mutter gemacht.«

»Das ist nicht dein Ernst!«

»Leider doch«, sagte Tessa. »Das ist Oma Agnes' Hausregel Nummer vier: Kein Jungsbesuch nach Sonnenuntergang.«

»Ich dreh durch.« Marie schlug mit der flachen Hand auf das Polster der Rückbank.

Kim musste grinsen. Oma Agnes stellte das Leben in der Villa ganz schön auf den Kopf. Marie war nicht zu beneiden. Andererseits hatte Marie Holger. Holger war ein Profi, wenn es darum ging, Hindernisse zu überwinden. Eine widerspenstige Stiefoma würde ihn ganz sicher nicht davon abhalten, seine Freundin zu sehen. Und wenn er dafür eine Leiter zu Maries Balkon schleppen musste.

Geständnisse

Am Sonntag war der letzte Messetag. Kim traf sich nach dem Frühstück mit ihren Freundinnen auf der *AppTown*. Heute war sie ausnahmsweise die Letzte. Kim hatte ihre Brüder überredet, die Sache mit dem Smartphone zu beichten. Herr Jülich war in erster Linie froh, dass seinen Söhnen nichts passiert war, aber Frau Jülich hielt den Zwillingen einen Vortrag über verantwortungsloses Benehmen, Diebstahl in der eigenen Familie und Lügen im Allgemeinen und Speziellen. Außerdem verdonnerte sie die Jungen zu drei Wochen Küchendienst.

Kim hatte richtig Mitleid mit ihren Brüdern. Allerdings freute sie sich doch ein bisschen darüber, dass sie in der nächsten Zeit nicht den Tisch decken und die Geschirrspülmaschine ausräumen musste. Und es war gut, dass Ben und Lukas mit ihren Eltern nun offen über alles sprechen konnten. Der Überfall hatte ihnen doch einen ganz schönen Schrecken eingejagt.

»Wie ist die Stimmung bei euch zu Hause?«, fragte Marie, als Kim endlich zu ihnen trat.

»Na ja, nicht so toll«, berichtete Kim. »Aber Mama wird sich schon wieder beruhigen. Und bei euch?«

»Ausnahmezustand.« Marie hob theatralisch die Hände. »Oma Agnes hat ihre Hausregeln jetzt aufgeschrieben und an den Kühlschrank geklebt. Es grenzt an ein Wunder, dass wir überhaupt noch Strom und fließend Wasser benutzen dürfen.«

»Du Arme!«, sagte Kim. Dann wandte sie sich an Franzi. »Ist denn bei euch wenigstens alles in Butter?«

Franzi strahlte. »Mit mir und Blake schon!«

Inzwischen hatten die Mädchen den Stand von *Level Q* erreicht. Heute fehlten beide Praktikanten. Schließlich hatten die drei !!! sie überführt. Statt Pascal und Cederic verteilte eine junge Frau mit tätowierten Armen Buttons an die Besucher. Am Tresen stand Lars und nippte an einem Kaffeebecher.

»Hi«, sagte Marie. »Da bist du ja noch mal davongekommen.«

»Wie bitte?« Lars sah fragend auf.

»Na, mit der ganzen Nummer, die Pascal und Cederic veranstaltet haben.«

»Oh!« Lars wusste, was sie meinten. »Die Sache. Haben sie euch auch bestohlen?«

»Meine beiden Freundinnen«, sagte Franzi vorwurfsvoll.

»*Level Q* hat damit aber wirklich nichts zu tun!«, beteuerte Lars. »Die beiden Praktikanten haben ihr krummes Ding ohne unser Wissen gedreht.«

Kim blickte Lars direkt ins Gesicht. »Ach wirklich?«

»*Level Q* hat sich nichts zuschulden kommen lassen«, bekräftigte Lars. »Auch wenn diese Diebstähle ein schlechtes Licht auf die Firma werfen!«

»Dann sollten wir jetzt mal Klartext reden.« Marie beugte sich vor. »Wir wissen, was du beim GCC gemacht hast!«

Lars trat einen Schritt zurück. »Was ist GCC?«

»Wir haben dich bei der Fachhochschule gesehen!«, sagte Franzi.

»Ist das neuerdings ein Verbrechen?« Lars lachte verwirrt auf. »Ich habe nur meine Freundin abgeholt!«
»Freundin?«, fragte Kim.
»Na, Miray.«
Kim war verblüfft. »Miray ist deine Freundin?«
»Ja, genau. Was ist denn daran so schlimm?« Lars blickte von einem Ausrufezeichen zum nächsten.
»Dann ist sie eben deine Komplizin!«, sagte Marie.
»Miray war doch beim Feueralarm die ganze Zeit bei uns auf dem Hof«, raunte Franzi Marie zu. »Sie hat also ein Alibi.«
Marie atmete tief ein und aus. »Das mit Miray werden wir überprüfen. Aber jetzt reden wir mal von dem Feueralarm und dem Diebstahl von Bentes Laptop! Wir haben stichhaltige Beweise!«
Lars starrte Marie fassungslos an. »Wovon redest du überhaupt? Was hat das denn alles mit meiner Cousine zu tun? Miray hat mir von dem Feueralarm erzählt, aber ich bin erst gekommen, als alles vorbei war.«
»Ach ja?«, fragte Kim.
»Ja!«, bestätigte Lars. »Meine eigene Oma kann das bezeugen. Ich habe sie noch auf der Straße getroffen und mit ihr gesprochen!«
»Deine Oma?«, fragte Kim erstaunt. »Aber die war doch schon fast eine Stunde vorher da und hat Bente den Schlüssel gebracht.«
»Fragt sie doch selbst!«, sagte Lars genervt. »Sie kann euch bestätigen, dass ich aus dem Bus gestiegen bin.«
»Das werden wir auf jeden Fall überprüfen!«, verkündete Kim.

»Gut, macht das.« Lars strich sich durch die kurzen, schwarzen Haare. »Darf ich jetzt noch fragen, warum ich ausgerechnet den Computer meiner Cousine stehlen sollte?«
»Wegen der Beweise!«, sagte Marie. »Weil Bente bei *Real Space Race* etwas gefunden hat. Etwas, das gegen den Datenschutz verstößt!«
»Das stimmt!«, gab Lars zu. »Bente war aber wirklich nicht die Einzige, die sich bei uns gemeldet hat. Wir haben den Fehler gefunden und behoben. Mit dem nächsten Update haben alle Spieler eine sichere Version.«
»Das behauptest du«, sagte Kim.
»Ja, das behaupte ich«, gab Lars zurück.
»Und wie kommen dann deine Fingerabdrücke auf Bentes Handytasche?«
Lars stutzte. »Gar nicht! Ich habe Bentes Sachen überhaupt nicht angefasst. Weder ihren Laptop noch ihr Handy! Ich bin ihr Cousin. Ich bestehle sie doch nicht.«
»Entschuldigen Sie?« Eine Frau in einem grauen Kostüm war neben die Mädchen getreten und wandte sich an Lars. »Kann ich Sie kurz etwas fragen?«
»Selbstverständlich«, sagte Lars höflich. »Wie kann ich Ihnen helfen?«
Die drei !!! nutzten die Unterbrechung für eine kurze Lagebesprechung.
»Wir kommen mal wieder einfach nicht weiter!«, sagte Marie. »Es steht Aussage gegen Aussage.«
»Er lügt!«, stellte Franzi fest. »Und wir haben den Beweis! Die Fingerabdrücke kann er einfach nicht leugnen.«
Kim sah nachdenklich auf ein Poster, das am Stand gegen-

über aufgehängt war. Es warb für das Spiel *Granny reloads.* Eine alte Frau mit Lockenwicklern und Blümchenkleid war darauf abgebildet. In den Händen hielt sie eine riesige Laserkanone. *Meine Oma jagt im Hühnerstall die Zombies!,* stand darunter. Langsam drehte sich Kim zu ihren Freundinnen. »Und wenn wir die falsche Spur verfolgt haben?«

»Was meinst du?«, fragte Marie überrascht. »Wir sind uns doch einig, dass Lars hinter der Sache mit dem Laptop stecken muss, oder?«

Kim warf einen Blick auf ihre Armbanduhr. »Der GCC findet heute nur am Nachmittag statt. Wir können also vorher noch bei Bente vorbeifahren.«

»Das war aber keine Antwort auf meine Frage!«

»Ich möchte eine Sache überprüfen«, gab Kim zu. »Vorher will ich keine falschen Verdächtigungen aussprechen.«

Bente öffnete den drei !!! die Tür. »Habt ihr Neuigkeiten?«

»Wir müssen auf jeden Fall ein paar Dinge besprechen«, sagte Kim ernst. »Ist deine Oma hier?«

»Klar«, antwortete Bente. »Sie ist im Wohnzimmer. Aber was hat sie mit der Sache zu tun?«

»Wir müssten sie etwas fragen«, erklärte Kim. Viel mehr wollte sie jetzt lieber noch nicht sagen. »Es geht um ein Alibi.«

Bente zögerte. »Meine Oma weiß doch noch nicht, dass mein Laptop gestohlen wurde.«

»Du hast es ihr nicht erzählt?«, fragte Franzi verwundert.

Bente machte ein schuldbewusstes Gesicht. »Ich hätte es tun sollen.«

»Allerdings!«
»Ehrlich gesagt hatte ich Sorge, wie sie reagiert«, gab Bente zu. »Entweder sie regt sich furchtbar auf und ruft die Polizei oder sie ist erleichtert und freut sich.«
Franzi schaute Bente ungläubig an. »Warum sollte sie sich freuen?«
»Weil sie findet, dass ich viel zu viel Zeit am Computer verbringe. Sie glaubt, dass ich ständig in einer fremden Welt bin, die sie nicht versteht. Irgendwie stimmt das ja auch. Aber das ist nun einmal mein Leben. Sie macht doch auch Dinge, die mich nicht interessieren.«
»Du musst dich nicht rechtfertigen«, versicherte Kim. »Aber es wäre wirklich gut, wenn wir jetzt mit deiner Oma sprechen könnten.«
»Meinetwegen.« Bente führte die drei !!! in ein kleines Wohnzimmer. Es war hell und freundlich eingerichtet. Eine getigerte Katze lag in einem Körbchen auf der Fensterbank und ein Radio spielte leise Weihnachtslieder. Frau Hamprecht hatte es sich mit der Sonntagszeitung in einem Sessel gemütlich gemacht. Auf dem Tischchen neben ihr standen eine Tasse mit heißem Kaffee und ein kleiner Teller mit Keksen. Als die Mädchen eintraten, ließ sie die Zeitung sinken. »Oh, Besuch!« Sie stand auf. »Darf ich euch etwas anbieten?«
»Nein, danke«, sagte Kim schnell. Ihre Wangen fühlten sich plötzlich ganz heiß an. Sie mochte die alte Dame und sie wollte auf keinen Fall einen Fehler begehen. »Wir hätten eine Frage.«
»An mich?«, fragte Frau Hamprecht.
»Es geht um Ihren Enkel Lars«, erklärte Kim schnell. »Er

sagte, er habe Sie am vergangenen Sonntag getroffen. Und zwar in der Nähe der Fachhochschule.«

Frau Hamprecht schien einen Moment lang nachzudenken. »Das stimmt. Ich habe Bentchen doch den Schlüssel gebracht. Als ich zum Bus ging, kam er mir entgegen.«

»Lars behauptet, dass er Sie nach dem Feueralarm getroffen habe«, fuhr Kim fort. »Ist das ebenfalls richtig?«

»Feueralarm?« Frau Hamprecht hob eine Hand zum Mund.

»Der Feueralarm in der Fachhochschule«, sagte Kim. »Es gab einen Fehlalarm. Von der Bushaltestelle aus hätten Sie den Feuerwehrwagen sehen können – also zumindest dann, wenn Sie zu diesem Zeitpunkt noch vor Ort waren.«

Frau Hamprecht ließ sich auf ihren Sessel sinken. »Also …«

»Was?«, mischte sich Bente wütend ein. »Hat Lars echt behauptet, dass Oma ihm ein Alibi verschaffen kann? Das ist doch hirnrissig! Warum hätte Oma denn bei der Kälte über eine Dreiviertelstunde an der Bushaltestelle stehen sollen?«

»Der Bus fährt nur alle zwanzig Minuten«, sagte Marie. »Haben Sie ihn verpasst, Frau Hamprecht?«

»Aber selbst dann wäre Ihnen doch der Feuerwehrwagen aufgefallen«, mischte sich Franzi ein.

»Lars lügt!«, rief Bente. »Das ist die einfache Erklärung! Oma war beim Alarm längst weg, stimmt's?« Sie drehte sich zu ihrer Oma, die blass im Sessel saß und zu Kim aufschaute. »Omi?«

»Wir haben Fingerabdrücke am Tatort gefunden«, sagte Kim.

»Fingerabdrücke von Lars!«, fügte Bente entschieden hinzu.

Kim holte tief Luft. »Zum Vergleich hatten wir Abdrücke

auf einem Bilderrahmen. Den hatten allerdings gleich zwei Personen angefasst: Ihr Enkel und Sie, Frau Hamprecht.«
Die alte Dame rieb sich die Schläfen, als hätte sie Kopfschmerzen. »Fingerabdrücke?«
»Wir haben sie Lars zugeordnet«, erklärte Kim weiter. »Aber genauso gut könnten die Abdrücke von Ihnen sein.«
»Wie bitte?« Bente gab ein empörtes Schnauben von sich. »Kim!«
Frau Hamprecht setzte sich mit einem Ruck gerade hin. »Ich will Lars nicht unnötig belasten. Mein Enkel hat sich nichts zuschulden kommen lassen.«
»Sie wollten Bente von ihrem Computer trennen, hab ich recht?«, fragte Kim vorsichtig.
Frau Hamprecht nickte. Sie streckte eine Hand nach ihrer Enkelin aus, zog sie dann aber wieder zurück. »Ich habe mit ansehen müssen, wie sich mein Bentchen-Entchen immer mehr zurückgezogen hat. Ich bin gar nicht mehr an sie herangekommen!«
»Oma!« Bente sah aus, als würde sie gleich in Tränen ausbrechen. »Das ist doch jetzt nicht dein Ernst!«
»Im Fernsehen haben sie eine Sendung über Hacker gezeigt!« Frau Hamprechts Stimme klang brüchig. »Danach habe ich mir solche Sorgen um dich gemacht. Aber deine Mutter hat meine Ängste nicht ernst genommen und du wolltest nicht mit mir reden.«
»Also haben Sie einen Plan geschmiedet«, schlussfolgerte Kim. »Sie haben Bente den Laptop an einem Ort gestohlen, wo kein Verdacht auf Sie fiel. Unter dem Vorwand, den Schlüssel zu bringen, haben Sie die Fachhochschule aufge-

sucht. Sie haben sich dort in Ruhe umgesehen und gewartet, bis Bente zu einem Vortrag ging. Dann haben Sie den Feueralarm ausgelöst.«

Frau Hamprecht seufzte. »Ja. Ich habe die Tür mit meiner Büchereikarte geöffnet, den Computer geholt und mich dann auf einer der Toiletten versteckt. Als ich aus dem Gebäude rauskam, habe ich Lars getroffen. Er hatte gerade eine Pause und wollte seine Freundin besuchen.«

»Lars hat die Wahrheit gesagt?« Bentes Stimme überschlug sich fast. »Und er hat eine Freundin?«

»Ich wollte die beiden am nächsten Sonntag zum Adventskaffeetrinken einladen«, sagte Frau Hamprecht.

»Bin ich im falschen Film?« Bente starrte ungläubig ihre Großmutter an. »Wie kannst du jetzt über ein Adventskaffeetrinken nachdenken? Wir reden gerade darüber, dass du mich beklaut hast!«

»Ich habe dich gerettet!«, beteuerte Frau Hamprecht.

»Das sehe ich aber anders!« Bente verschränkte die Arme. »Ich habe Lars verdächtigt! Und ich habe von ein paar bescheuerten Mädchen einen Drohbrief bekommen! Weißt du, wie schlecht es mir in den letzten Tagen ging? Außerdem weißt du, dass ich tierisch Angst vor Feuer habe! Wie konntest du mir das antun?«

»Es tut mir leid!« Frau Hamprecht ging zu Bente und drückte sie an sich. Bente blieb stocksteif stehen. »Bentchen, mein Entchen! Ich wollte nur, dass du wieder glücklich wirst.«

»Ich bin nicht wie du!«, sagte Bente. »Und vielleicht kannst du einfach mal versuchen, mich etwas zu verstehen.«

»Wir sollten jetzt besser gehen«, meinte Kim.

»Ich bin echt geplättet!«, gestand Bente, als sie die drei !!! zur Tür brachte. »Aber ihr habt den Fall gelöst. Sieht so aus, als würde ich meinen Laptop wiederbekommen.«
»Redet miteinander!«, empfahl Marie. »Deine Oma hat sich ganz schön was geleistet, aber sie hat es mit guten Absichten getan.«
»Auch aus guten Absichten können manchmal böse Taten entstehen«, stellte Bente fest.
»Das stimmt.« Kim nickte. »Aber in diesem Fall werdet ihr euch bestimmt einigen. Deine Oma bereut ihre Tat, das hat man gemerkt.«
»Über die H.A.S.I.s reden wir dann in den nächsten Tagen!«, versprach Franzi zum Abschied. Sie winkte Bente noch einmal zu, bevor sich die Tür des hübschen, weißen Reihenhauses schloss.
»Omas!«, sagte Marie und schüttelte den Kopf. »Wenn die sich vornehmen, die Welt zu verbessern, geht es richtig zur Sache.«

Game over

Da bis zur Veranstaltung vom GCC noch eine gute Stunde Zeit war, setzten sich die drei !!! ins *Café Lomo*.
»Auf den gelösten Fall!« Kim hob ihren dampfenden Becher.
»Auf uns!«, sagte Franzi und stieß vorsichtig mit ihrer Freundin an.
»Ja, auf die drei !!!«, meinte nun auch Marie und stieß ebenfalls mit ihrem *Kakao Spezial* an.
»Wer hätte gedacht, dass hinter einem Laptop so eine riesige Geschichte stecken würde!« Franzi nahm einen Schluck Kakao.
»Letztendlich war es ein ganzes Netz aus Geschichten«, sagte Kim. »Aber wir haben es entwirrt.«
»Bleiben nur noch die H.A.S.I.s«, meinte Franzi.
»Die hoppeln uns schon nicht weg.« Marie grinste. »Mein Kopf braucht heute erst einmal eine Pause. Ich werde mir zu Hause gleich ein schönes Schaumbad mit Weihnachtsaroma gönnen und eine Haarkur machen. Das ist längst überfällig.«
»Wenn Oma Agnes das erlaubt.« Franzi kicherte. »Das Baden mit Wasser ist doch bestimmt laut Paragraf 3 des Stiefoma-Gesetzes verboten.«
Marie lachte. »Zum Glück noch nicht. Außerdem ist sie heute bei einem Vortrag über gute und schlechte Öle im Essen.«
»Ich bin schon gespannt, was dann demnächst bei euch auf den Tellern landet.« Kim legte ein paar Münzen auf den Tisch. »Ich muss los. Telefonieren wir später noch?«

»Klar«, versprach Franzi. »Sobald ich im Gewächshaus mit dem Café-Dienst fertig bin, melde ich mich.«
»Super!« Kim sprang auf. »Wir hören uns!«

Detektivtagebuch von Kim Jülich
Sonntag, 20:04 Uhr
Fall gelöst! Oder besser gesagt: Fälle gelöst!
1. Die Überfälle auf Real Space Race*-Spieler*
2. Der Drohbrief an Bente
3. Der Diebstahl von Bentes Laptop
Dieses Wochenende hatte es wirklich in sich! Zuerst sind wir den zwei Praktikanten von Level Q *auf die Schliche gekommen. Die beiden haben eine Testversion von* Real Space Race *so umgebaut, dass die Spieler in einsame Straßen gelockt werden. Immer schön in der Nähe der Messe. So konnten die Jungs bequem andere Jugendliche ausrauben, während sie ihre Überstunden abgebummelt haben. Die beiden waren knapp bei Kasse und haben gehofft, die ganzen Smartphones auf dem Schwarzmarkt loszuwerden. Aber wir haben sie erwischt. Mittlerweile haben Cederic und Pascal ihre Aussage gemacht.*
Kommissar Peters fand es natürlich nicht gut, dass wir den beiden eine Falle gestellt haben. Die Aktion »Lockvogel« war natürlich schon etwas riskant, aber wir haben ja Unterstützung gehabt. Schade, dass wir den Notruf-Sender nicht behalten konnten. Er gehört Blakes Oma. Sie benutzt ihn zwar nicht, aber Blakes Familie ist dabei, ihr gut zuzureden. Sicher ist sicher. Ich fand das Ding ziemlich gut. Wenn sie es wirklich nicht will, übernehmen wir es gern für unseren Detektivclub.
Aber zurück zu den Fällen. Der Drohbrief hat sich ja zum

Glück als Streich herausgestellt. Wobei das schon eine echt fiese Aktion war. Es ist ein klarer Fall von Mobbing. Wir müssen uns nun überlegen, wie wir damit umgehen wollen. Natürlich wollen wir uns nicht auf das Niveau der H.A.S.I.s begeben, aber wir können das auch nicht einfach so ignorieren. Ich hoffe, uns fällt gemeinsam etwas Gutes ein.
Der Fall mit dem geklauten Laptop ist jetzt auch gelöst. Letztendlich hat dieser Diebstahl alles ins Rollen gebracht. Und wir sind einer komplett falschen Fährte gefolgt. Es hat ganz schön gedauert, bis es bei mir »klick« gemacht hat. Ich habe doch selbst die Fingerabdrücke verglichen. Wieso habe ich dann nicht berücksichtigt, dass Bentes Oma auch als Täterin infrage kam? Nur, weil sie eine freundliche alte Dame ist? Für mich war sie automatisch unschuldig. Da kann man mal sehen, wie leicht man sich täuschen lässt!

Geheimes Tagebuch von Kim Jülich
Sonntag, 20:24 Uhr
Das ist die letzte Warnung! Lesen strengstens verboten! Eltern haften für ihre Kinder!
Ich bin jetzt so weit. Ich werde mit Franzi und Marie über Sebastian sprechen. Dann kann ich mit der Sache abschließen. Den Kurs im Frühjahr werde ich aber trotzdem machen. Ich habe bei Sebastian sehr viel über gute Reportagen gelernt und ich glaube, dass der Aufbaukurs total sinnvoll ist. Trotzdem ist es nicht leicht. Meine Gefühle fahren immer wieder Achterbahn. Gerade deshalb ist es wichtig, dass ich mit meinen Freundinnen rede. Ich muss das alles einfach loswerden. Vielleicht schreibe ich auch eine Kurzgeschichte darüber. Oder ein Ge-

dicht. Und dann werde ich noch meine persönlichen Liebesregeln aufstellen. Nummer 1: Ich verliebe mich nicht wieder in Leute, die schon eine Steuernummer haben! (Zumindest nicht innerhalb der nächsten Jahre.) Mehr Regeln sind mir noch nicht eingefallen, aber ich arbeite daran.
Wenn es doch nur ein Computerprogramm gäbe, mit dem man seine Gefühle programmieren könnte. Einfache Befehle in einer Programmiersprache, die dafür sorgen, dass man sich endlich wieder gut fühlt. In HTML wäre das zum Beispiel </liebe><glueck>. Bente könnte das bestimmt auch in Java oder C++. Aber in der Realität würde auch das nichts bringen. Da hilft es dann doch eher, eine Geschichte zu schreiben – oder hundert Mal hintereinander den Song What I feel *von den* Boyzzzz *zu hören.*

»Marie ist noch im Bad!« Lina stand in der Haustür der Villa. »Das kann dauern.«
Franzi stieß energisch Luft aus und produzierte dabei eine weiße Wolke in der kalten Winterluft.
»Können wir vielleicht reinkommen?«, fragte Kim.
Bente, die ebenfalls mitgekommen war, sagte nichts, aber sie trat von einem Fuß auf den anderen.
Die Temperaturen waren im Laufe der Woche stetig gesunken. Heute Morgen hatte das Thermometer der Jülichs minus fünf Grad angezeigt. Dafür war der Himmel klar und die Sonne ließ sich zum ersten Mal seit Tagen blicken. Kim hatte gute Laune. Und endlich war Wochenende, Weihnachten rückte näher und im Jugendzentrum war eine große Weihnachtsparty angesagt – gleich nach der Vergabe der Urkunden für die Teilnahme am Girls Computer Club.

»Uns ist echt kalt!«, drängte Franzi.
»Dann kommt doch rein!«, sagte Lina. »Aber zieht euch die Schuhe aus. Lasst keine Jacken herumliegen und geht leise die Treppe hoch. Oma ist heute schlecht drauf!«
Da niemand Wert darauf legte, mit Oma Agnes aneinanderzugeraten, folgten sie den Anweisungen und huschten beinahe geräuschlos die Treppe hinauf. Bei Marie im Badezimmer rauschte das Wasser. Ein zarter Duft von Wasserlilien und Lotusblüten wehte durch das Zimmer.
Kim, Franzi und Bente machten es sich gemütlich. Man konnte Marie im Badezimmer eh nicht zur Eile drängen.
»Wie läuft es denn mit deiner Oma?«, wollte Franzi von Bente wissen. Seit dem Geständnis von Frau Hamprecht waren mittlerweile sechs Tage vergangen. Seitdem hatten die drei !!! nur einmal kurz mit Bente gesprochen, um sich für die Feier im Jugendzentrum zu verabreden.
»Sie hat mir den Laptop zurückgegeben«, berichtete Bente. »Und sie hat sich immer wieder bei mir entschuldigt.«
»Hast du die Entschuldigung angenommen?«, fragte Kim.
»Ja, das habe ich.« Bente lächelte. »Aber dafür musste sie sich beim nächsten GCC anmelden. Der findet im Februar statt.«
»Davon weiß ich ja noch gar nichts«, wunderte sich Kim. »Im Jugendzentrum hing nichts aus und bei der Fachhochschule auch nicht.«
Jetzt musste Bente lachen. »Es ist ja auch nicht der Girls Computer Club, sondern der Granny Computer Club! Durch Zufall habe ich gehört, dass die Stadt ein neues Programm für Senioren erstellt hat. Unter anderem auch IT-Wissen für Frauen ab 60.«

»Und da macht deine Oma mit?«
Bente winkte ab. »Sie wollte sich eigentlich bei einem Italienischkurs anmelden, um endlich neue Leute kennenzulernen und wieder mehr aus dem Haus zu kommen. Seit der Pensionierung langweilt sie sich oft. Jetzt kann sie das Vorhaben endlich in die Tat umsetzen – wenn auch nicht mit Italienisch, sondern mit IT. Und ich kann ihr dann bei den Hausaufgaben helfen. Darauf freut sie sich schon.«
Kim und Franzi staunten nicht schlecht.
»Das klingt ja nach einer guten Lösung«, sagte Kim.
Bente nickte begeistert. »Mir ist echt ein Stein vom Herzen gefallen, als ich gecheckt habe, dass alles in Ordnung ist. Mein Laptop ist wieder da, niemand will mich bedrohen und mit meiner Oma läuft es auch wieder richtig gut.«
»Hast du noch etwas von *Level Q* gehört?«, fragte Franzi.
»Ich habe mit Lars telefoniert.« Bente sah auf ihre geringelten Strumpfhosen hinab, die sie unter dem viktorianischen Kleid trug. »Es war etwas peinlich, weil ich mich bei ihm entschuldigen musste. Er hat mir erzählt, dass sie den Fehler im Code komplett beseitigt haben. *Real Space Race* sollte jetzt also keine Sicherheitslücken mehr haben.«
»Pünktlich zu Weihnachten ist der Familienfrieden wiederhergestellt!«, freute sich Kim.
»Nicht ganz«, gab Bente zu. »Lars und ich haben einfach zu unterschiedliche Ansichten, um uns dauerhaft zu vertragen. Ich habe jetzt schon keine Lust auf das Treffen mit ihm und seiner Freundin. Aber Oma besteht darauf.«
»Man muss eben manchmal Kompromisse machen«, stellte Franzi fest.

In diesem Augenblick erklang das Summen des Föhns aus dem Badezimmer.
»Marie ist bestimmt gleich fertig. Ich gehe lieber noch mal kurz verschwinden, bevor wir aufbrechen.« Kim stand auf.
»Aber leg dich bloß nicht mit Oma Agnes an, wenn dir das Klopapier aus Brennnesselfasern zu rau ist«, sagte Franzi und grinste.
»Ich gebe mein Bestes«, versprach Kim und trat leise auf den Flur. Ihr Ziel war die Gästetoilette im Erdgeschoss. Auf Zehenspitzen ging sie die Treppe runter. Die Stimme von Oma Agnes klang dumpf durch eine angelehnte Tür. Dahinter lag ein kleines Zimmer, das Tessa manchmal als Büro benutzte. »Das kannst du vergessen! Ich habe meine Prinzipien!« Es folgte eine kurze Pause. Dann redete sich Oma Agnes richtig in Rage. »Nein! Ich bin wütend! Und enttäuscht! Du brauchst dich hier gar nicht erst blicken zu lassen!«
Kim drückte schnell die Klinke des Gäste-WCs. Sobald man das Licht einschaltete, ging ein kleiner Ventilator in der Decke an, der vor sich hin brummte. So konnte Kim das Gespräch nicht weiter verfolgen. Ob Oma Agnes gerade telefonierte? Sie war offensichtlich schlecht gelaunt. Aber das Gespräch hatte nicht nach einem Fall für die drei !!! geklungen. Als Kim aus der Toilette wieder herauskam, war nur noch Finn zu hören, der im Wohnzimmer spielte.
»Oh, Kim! Hallo!«
Erschrocken fuhr Kim herum. Hinter ihr stand Tessa, die anscheinend gerade in der Küche gewesen war. »Geht es dir gut? Du siehst so erschrocken aus.«

»Alles bestens!«, sagte Kim schnell. »Ich war nur so in Gedanken.«
»Ich habe gerade ein paar Waffeln gemacht«, sagte Tessa. »Wollt ihr welche mit nach oben nehmen?«
»Waffeln?« Oma Agnes trat aus dem Büro. »Habe ich eben *Waffeln* gehört?«
»Ja, Mama, Waffeln. Diese kleinen, goldgelben Teigstücke, die man in einem Eisen backt.«
»Natürlich mit Ei, Zucker und Butter.« Oma Agnes schüttelte den Kopf. »Als ob die Kinder nicht schon genug ungesunde Nahrungsmittel konsumieren.«
»Ich habe Vollkornmehl genommen«, verteidigte sich Tessa.
»Weizen oder Dinkel?«, hakte Oma Agnes nach.
Tessa zog beide Augenbrauen hoch. »Ist das ein Verhör?«
»Denk doch nur an all das Gluten im Weizen, mein Schatz!«
Kim war die Situation unangenehm. Sie überlegte, einfach die Treppe wieder hochzugehen. Aber Tessa wartete ja noch auf ihre Antwort. Kim hatte nichts gegen Waffeln, gern auch mit Weizenmehl und Zucker. Der Duft, der jetzt aus der Küche kam, war verführerisch.
»Ich will nur dein Bestes!«, sagte Oma Agnes entschieden. Plötzlich lächelte sie herzlich. »Ach ja, ich habe noch eine gute Nachricht für dich! Ich werde mindestens bis Weihnachten bleiben. Dann kann ich dir mit den ganzen Vorbereitungen für die Festtage helfen, mich um Finn kümmern und mal etwas Ordnung machen. Dein Büroschrank sieht aus, als hättest du eine Ewigkeit nicht aufgeräumt.«
»Mein Büroschrank?«, fragte Tessa tonlos. »Du warst an meinem Büroschrank?«

»Äh«, mischte sich Kim schnell ein. »Die anderen warten schon auf mich. Wir wollen ja gleich los!« Ohne eine Antwort abzuwarten, sauste sie die Treppe hinauf. Auf die Waffeln verzichtete sie lieber.
»Wo warst du so lange?«, wurde sie oben von Franzi begrüßt.
»Ich habe noch kurz mit Tessa gesprochen«, meinte Kim. »Sieht so aus, als würde Oma Agnes länger bleiben.«

Im Jugendzentrum war die Anlage eingeschaltet. Musik dröhnte aus den großen Boxen. Ein paar Jungen und Mädchen stellten gerade Stühle für die Urkundenverleihung auf. Holger war schon da und begrüßte Marie überschwänglich. Kim sah zu den beiden hinüber. Alles deutete darauf hin, dass Holger und Marie wieder ein glückliches Paar waren. Gleichzeitig würde das Misstrauen bestimmt nicht von einem Tag auf den nächsten verschwinden. Immerhin hatte Marie hoch und heilig versprochen, ihrem Freund nicht nachzuspionieren. Und wenn Marie etwas versprach, dann hielt sie sich auch daran – zumindest bei wichtigen Dingen.
Nachdem auch Blake eingetroffen war, zogen sich die drei !!! kurz zurück.
»Bereit für den Plan?«, fragte Kim.
»Und ob!«, sagte Franzi und grinste.
»Ich kann es kaum erwarten!« Marie sah ihre Freundinnen entschlossen an.
In diesem Augenblick wurde die Musik leiser gedreht. »Die Urkundenverleihung geht gleich los«, meinte Kim. »Wir haben nur noch zehn Minuten.«
Marie streckte sich. »Die reichen mir vollkommen aus.«

»Okay.« Kim rieb sich die kalten Hände. »Franzi ruft dich auf dem Handy an, sobald ich ihr das Zeichen gebe. Dann ist Showtime!«
Gemeinsam mit Marie steuerte sie auf die H.A.S.I.s zu. Die hatten mal wieder nichts Besseres zu tun, als sich über Bente lustig zu machen.
»Bestimmt gibt das eine Urkunde mit Auszeichnung!«, rief Helen.
»Garantiert!«, fügte Adrina hinzu. »Mit dem Ehrenpreis der Streber-Stiftung!«
»Von der Nerd-Akademie!«
»Hi, Marie!«, sagte Helen.
»Und hallo, Kati«, fügte Adrina hinzu.
Kim verzichtete darauf, ihren Namen zu korrigieren. Stattdessen überließ sie Marie das Feld. Die musterte Adrina mit einem freundlichen Lächeln. »Coole Ohrringe!«
Adrina sah sie kurz misstrauisch an, aber Marie lächelte noch immer freundlich – so, als könne sie kein Wässerchen trüben. »Die sind von *Skinny Queen*, oder? Die rosafarbenen sind so schwer zu bekommen. In der Stadt gab es die nur in Grün.«
»Schau mal im Onlineshop nach«, empfahl Adrina. »Die haben da so süße Sachen!«
»Danke für den Tipp!« Marie strahlte. »Das werde ich machen.« Ein lautes Klingeln ertönte. »Oh, mein Handy! Sorry!« Marie warf den H.A.S.I.s einen entschuldigenden Blick zu. Dann guckte sie aufs Display. »Kommissar Peters!«
»Geh ran!«, drängte Kim. »Das ist bestimmt wichtig!«
»Hallo, hier ist Marie Grevenbroich!« Marie tat so, als würde sie angestrengt zuhören. Dann erhellte sich ihr Gesichtsaus-

druck. »Mensch, klasse! Ich bin so froh, dass Bente Anzeige erstattet hat!« Sie lauschte wieder.
»Was ist?«, zischte Kim.
Marie reagierte nicht auf ihre Freundin. »Das haben wir uns auch schon gedacht! War doch klar, dass der Drohbrief und der Diebstahl zusammenhängen. Und was machen Sie jetzt mit den Fingerabdrücken?« Wieder eine Pause. Kim starrte Marie neugierig an. Die H.A.S.I.s waren einen Schritt näher getreten und lauschten ebenfalls.
»Danke, dass Sie der Sache nachgehen!«, sagte Marie freundlich. »Ich hoffe, Sie können die Schuldigen dann bald überführen!« Kaum hatte sie sich verabschiedet, als Kim losplatzte: »Was ist? Gibt es eine Spur?«
»Es waren Fingerabdrücke auf dem Drohbrief!«, verkündete Marie mit gespielter Erleichterung. »Kommissar Peters geht davon aus, dass die Diebe des Laptops auch für das Schreiben verantwortlich sind und vielleicht noch für weitere Computerdiebstähle. Er wird jetzt von allen, die beim GCC mitgemacht haben, die Fingerabdrücke nehmen.«
Isabelle packte Sarah am Arm. Adrina sah aus, als hätte man ihr gerade einen Eimer Eiswasser über den Kopf gekippt, und Helen starrte zu Boden.
»Gibt es Neuigkeiten?« Bente war neben Marie und Kim getreten.
»Ja!« Kim strahlte. »Die Polizei ist den Tätern auf der Spur! Dank des Drohbriefs.«
»Endlich!«, rief Bente.
Die H.A.S.I.s sahen mittlerweile so aus, als wollten sie entweder weinen, flüchten oder ohnmächtig werden.

»Bente? Wir müssen dir was sagen!«, stammelte Adrina.
»Wir haben den Laptop nicht geklaut!«, beteuerte Helen.
»Echt! Du musst uns glauben!« Isabelle sah Bente an. »Aber wir haben …«
»… wir waren das mit dem Drohbrief!«, gestand Sarah. »Es war aber nur ein Scherz!«
Adrina nickte. »Wirklich! Bitte sei uns nicht böse!«
»Ihr wart das?«, fragte Marie und gab sich Mühe, erstaunt zu wirken.
»Ja!«, gab Helen zu. »Aber wir haben nichts gestohlen. Wir sind keine Diebe! Bitte sagt das auch der Polizei!«
»Das war dann wohl ein Geständnis!« Franzi drängt sich zwischen Isabelle und Sarah in den Kreis.
»Bitte redet mit der Polizei!«, wiederholte Helen.
»Das brauchen wir gar nicht«, prustete Kim los. »Das war eben gar nicht Kommissar Peters! Franzi hat von den Toiletten aus bei Marie angerufen.«
»Was?«, kreischte Sarah.
»Reingefallen.« Bente grinste zufrieden. »Wir sind quitt.«
In diesem Moment wurde die Musik komplett ausgeschaltet. Ein Mikrofon quietschte. »Die Urkundenvergabe fängt gleich an! Bitte nehmt alle Platz!«
»Tja«, meinte Marie. »Das war es dann wohl.«
Die H.A.S.I.s starrten Bente und die drei !!! fassungslos an. Marie öffnete die Knöpfe ihrer schwarzen Uniformjacke. Jetzt konnte man das T-Shirt sehen, das sie darunter trug.
»Passend, oder?«, fragte sie zufrieden.
Auf dem schwarzen Stoff verkündeten leuchtende Buchstaben in Neonpink eine deutliche Botschaft: »GAME OVER!«